# Stéphanie Decelles

# Le réveil
# du dragon chinois

### Illustrations
### Jessie Chrétien

## Collection Œil-de-chat

## Éditions du ... ...nix

Illustrations Jessie Chrétien, photographie Yves Gervais
Graphisme de la couverture : Guadalupe Trejo
Graphisme de l'intérieur : Hélène Meunier
Révision linguistique : Hélène Bard

Éditions du Phoenix
206, rue Laurier
L'île Bizard (Montréal)
(Québec) Canada H9C 2W9
Tél.: (514) 696-7381 Téléc.: (514) 696-7685
www.editionsduphoenix.com

Catalogage avant publication de Bibliothèque et Archives
nationales du Québec et Bibliothèque et Archives Canada
Decelles, Stéphanie
    Le réveil du dragon chinois
    (Collection OEil-de-chat ; 17)
    Pour enfants de 9 ans et plus.
    ISBN 978-2-923425-30-6
    I. Chrétien, Jessie. II. Titre. III. Collection:
    Collection OEil-de-chat ; 17.
    PS8607.E386R48 2010 jC843'.6 C2009-942629-3
    PS9607.E386R48 2010
Réimpression 2011

Conseil des Arts    Canada Council
du Canada           for the Arts

Nous remercions la SODEC de l'aide accordée à notre
programme de publication. Nous reconnaissons l'aide
financière du gouvernement du Canada par l'entremise
du Fonds du livre du Canada pour nos activités d'édition
à notre programme de publication.
Nous sollicitons également le Conseil des Arts du Canada.
Éditions du Phoenix bénéficie également du Programme
de crédit d'impôts pour l'édition de livres – Gestion
SODEC – du gouvernement du Québec.

Stéphanie Decelles

# Le réveil
# du dragon chinois

Éditions du Phœnix

*À mes parents,*
*pour m'avoir fait découvrir*
*les plaisirs de la lecture*

# CHAPITRE UN

# Un cambrioleur
# au musée

**Hong Kong**

Il fait nuit. La lune s'est cachée derrière un gros nuage. Un taxi passe sans s'arrêter devant un grand bâtiment à l'architecture étrange : on dirait un immense cube blanc. À cette heure-ci, le Musée d'histoire chinois est plongé dans le noir. Rien ne bouge, tout est calme. Soudain, une ombre se faufile derrière une voiture et, après un court instant, elle réapparaît tout près d'un arbre. Personne ne vient ; la voie est libre. L'ombre court sans bruit jusqu'à une fenêtre du musée. Quelques minutes passent, puis la forme dissimulée dans la pénombre laisse échapper un soupir : la fenêtre a cédé. Le cambrioleur entre sur la pointe des pieds en retenant son souffle.

À l'intérieur, un gardien, endormi les écouteurs sur les oreilles, lui tourne le dos. L'intrus aurait pu marcher avec des souliers cloutés, le garde n'aurait rien entendu. Un sourire de satisfaction sur les lèvres, le voleur sort discrètement une lampe de poche de son sac ; de son autre main, il retire un morceau de papier plié à l'intérieur de sa veste. Il s'agit d'un plan montrant la disposition des différentes galeries. Le cambrioleur l'examine un moment, puis le remet dans sa poche avant de dévaler des escaliers qui se trouvent tout près. Ses pas le mènent dans une grande salle faiblement éclairée dont les vitrines exhibent de splendides pierres précieuses. Inquiet, le voleur fronce les sourcils en faisant le tour des autres vitrines, lentement d'abord, puis de plus en plus rapidement, au fur et à mesure que sa colère augmente. Le cambrioleur s'arrête enfin devant une pierre de la grosseur d'un œuf soigneusement protégée contre les voleurs. Le mot rubis est inscrit sur une petite plaque. La sombre silhouette secoue la tête, et, de rage, assène un grand coup de poing sur la vitrine qui éclate en mille morceaux. Aussitôt, le bruit assourdissant d'une alarme éclate dans le musée. Les lumières, déclenchées automatiquement par le système de sécurité, s'allument toutes en même temps. Si quelqu'un s'était trouvé dans la même pièce, il aurait aussitôt vu que le voleur en question était plutôt... une voleuse.

La femme, aux longs cheveux noirs attachés en queue de cheval, porte le tatouage d'un dragon jaune et rouge à la base du cou. Fâchée contre elle-même, la cambrioleuse s'enfuit rapidement en pinçant les lèvres. Elle enjambe la fenêtre au moment précis où le gardien, réveillé en sursaut, parvient dans la salle des pierres précieuses.

## CHAPITRE DEUX

# Le voyage

Dans l'avion, les jumeaux Mathis et Léa se collent le nez contre le hublot en regardant filer les nuages. Ils ont tellement hâte d'arriver à destination ! Le voyage est si long : vingt heures de vol entre Montréal et Hong Kong ! Jean Paradis, leur père, s'est endormi sur son siège. Lorsque l'hôtesse leur apporte un plateau-repas, Mathis et Léa lui font signe de ne pas le réveiller. Il a besoin de repos, à son âge !

Plus tard, une autre hôtesse distribue des journaux aux passagers. Pour passer le temps, Mathis en prend un. Sur la première page, un article titre en grosses lettres :

### « Mystérieuses introductions par effraction dans les musées chinois : la seule suspecte sème les policiers »

Juste au-dessous, la photo d'une femme aux longs cheveux noirs retenus en queue de cheval complète l'article. Comme la photo présente un profil, on distingue mal son visage. Mathis lit à voix haute le texte qui suit :

« De nombreux musées chinois ont reçu dernièrement la visite d'un voleur pour le moins étrange. Chaque fois, le *modus operandi*... »

— C'est quoi, un motus ope... randi ? demande Mathis en interrompant sa lecture.

— Le *modus operandi*, corrige sa sœur. Ça signifie que la façon dont les vols sont perpétrés est toujours la même.

Mathis poursuit :

« Chaque fois, le *modus operandi* demeure le même : le malfaiteur brise une fenêtre pour s'introduire à l'intérieur et assomme le garde. Les autorités croient donc qu'il puisse s'agir du même criminel. »

— Qu'est-ce qu'il a volé ? demande Léa en remontant sa tablette.

Son frère parcourt rapidement le reste du texte.

— C'est ça qui est étrange, s'exclame-t-il au bout d'un moment. Il n'a rien pris !

Il reprend sa lecture :

« Les responsables des musées ont affirmé que rien n'avait été volé. Chaque fois, une femme aux longs cheveux noirs noués en queue de cheval a été aperçue quittant rapidement la scène. Elle pourrait être un témoin important ou même la suspecte. Les policiers se perdent en conjectures. »

— En quoi ? demande Léa.

— En conjectures. Ça veut dire qu'ils avancent plusieurs hypothèses, mais n'ont pas la clé de l'énigme, précise Mathis, fier de ses connaissances linguistiques.

Léa se penche sur l'article. Ensemble, ils lisent la fin du texte.

« Les lecteurs qui détiennent des informations au sujet de ces cambriolages ou au sujet de la suspecte sont invités à communiquer avec les policiers. Selon les bandes vidéo obtenues par les caméras de surveillance, la femme mystérieuse aux cheveux noirs et longs arbore un tatouage en forme de dragon chinois dans le cou, sous l'oreille gauche. Elle est sans doute dangereuse et pourrait être armée. »

Une voix grésille alors dans les haut-parleurs :

— Mesdames et messieurs, ici votre capitaine. Dans quelques minutes, nous amorcerons notre descente. Je vous prie d'attacher votre ceinture et de redresser votre siège.

Mathis remonte sa tablette tandis que Léa replace son dossier en position assise.

— Ah ! nous arrivons ? demande leur père, les yeux brillants d'excitation, en bâillant et en s'étirant comme un chat au soleil.

Mathis donne un coup de coude discret à Léa :

— On dirait presque qu'il est plus excité que nous ! chuchote-t-il.

— C'est normal, répond Léa sur le même ton, il n'a pas revu Than Cho depuis neuf ans ! Tu imagines ; c'était un an avant notre naissance !

Than Cho, le meilleur ami de leur père, vit aujourd'hui à Hong Kong, mais a étudié au Québec. Jean et lui se sont d'ailleurs rencontrés pendant leurs études d'archéologie à l'université. Après avoir obtenu son diplôme, Than Cho est retourné chez lui, et a ensuite décroché un poste de directeur pour un musée très prestigieux. Leur père avait sauté de joie lorsqu'il avait reçu le coup de téléphone de son ami un mois plus tôt :

— Than ? C'est bien toi ?

— ...

— Tu veux qu'on vienne te visiter ? Avec les enfants ?

— ...

— C'est merveilleux ! Oui... oui... je m'occupe d'organiser ça, s'était exclamé Jean avant de raccrocher, un immense sourire aux lèvres.

Les jumeaux n'avaient rien perdu de la conversation.

— On va à Hong Kong ? avait demandé Léa d'une voix où perçait l'excitation.

— Nous irons le mois prochain, avait répondu leur père, en souriant.

Leur mère, Kathleen, s'était alors tournée vers eux :

— *Oh, sorry kids.* Je ne pourrai pas y aller avec vous. J'assiste à un important congrès *in* Ottawa. Mais j'espère que vous vous amuserez comme des petits fous, avait-elle déclaré avec son fort accent anglais en ébouriffant les cheveux des jumeaux.

Pour fêter cette grande nouvelle — après tout, on ne va pas à Hong Kong tous les jours —, Jean les avait amenés manger dans le quartier chinois.

— Pour nous donner un avant-goût de leur cuisine ! avait-il dit d'un ton narquois.

Mathis et Léa avaient bien ri lorsque leur père avait commandé un pâté chinois. Il avait eu l'air vaguement embarrassé quand le serveur lui avait répondu qu'ils n'en servaient pas.

Pour clôturer cette longue attente, le matin du départ avait été une véritable course contre la montre. D'abord, Jean n'arrivait pas à réveiller Mathis, ce paresseux ! Au moment de partir, il ne trouvait plus son billet d'avion, puis, dans le taxi qui les menait à l'aéroport, c'était au tour de Léa de chercher son passeport. Heureusement, Mathis l'avait trouvé coincé sous la collation de sa sœur : un sandwich jambon fromage-moutarde. Rendus aux douanes, un homme leur avait posé un tas de questions étranges. Tout d'abord, il voulait savoir s'ils avaient fait leurs bagages eux-mêmes. Quelle Question ! Ensuite, il leur avait demandé s'ils transportaient avec eux des objets dangereux. En voilà une drôle d'idée !

# CHAPITRE TROIS

# Hong Kong

L'avion touche le sol, fait un bond, puis se pose sur la piste d'atterrissage. Le capitaine renverse les moteurs pour ralentir la vitesse de l'appareil, qui finit par s'immobiliser devant un grand bâtiment vitré : l'aéroport de Hong Kong. Quelques minutes plus tard, les passagers obtiennent le feu vert pour sortir. Mathis et Léa sont ravis de se dégourdir enfin les jambes. Craignant de les perdre dans la foule, leur père tente désespérément de les retenir. C'est mal les connaître ! Ils franchissent les douanes où un homme vêtu d'un uniforme bleu tamponne leur passeport. Il leur souhaite la bienvenue en anglais, puis les laisse passer.

— Ils ne parlent pas chinois, à Hong Kong ? demande Mathis, étonné.

— D'abord, on ne dit pas chinois, mais mandarin, précise leur père. Puis, à Hong Kong, la langue officielle est le cantonais.

On y parle aussi l'anglais puisque les Britanniques ont occupé la région jusqu'en 1997.

Les jumeaux échangent un regard amusé. Avoir un papa archéologue implique que l'on vous rabatte souvent les oreilles avec des dates de grands faits historiques !

Ils se dirigent ensuite vers le carrousel pour récupérer leurs bagages, mais tout le monde doit patienter, car le mécanisme qui fait tourner le tapis roulant est en panne. Sachant que Than Cho les attend dans le stationnement de l'aéroport, Jean s'impatiente.

Après plusieurs minutes d'attente, le carrousel redémarre enfin. Chaque fois qu'une nouvelle valise apparaît sur le tapis roulant, Jean s'élance avec espoir. Malheureusement, leurs bagages n'arrivent pas.

— Où est Mathis ? s'enquiert-il, soudainement inquiet.

Léa et lui parcourent la salle du regard. En vain. Mathis reste introuvable.

— Je vais lui tondre les oreilles et lui faire manger des légumes verts s'il ne revient pas dans la minute ! déclare Jean, furieux, en tapant nerveusement du pied.

Léa cache son sourire dans sa main en faisant semblant de réprimer un bâille-ment. Son père est incapable de se mettre en colère et encore moins de mettre ses menaces à exécution.

— Hé ! lance alors une voix qu'ils con-naissent bien. J'ai trouvé ma valise !

Tel un champion de rodéo grimpé sur une énorme valise noire, Mathis se déplace sur le tapis roulant du carrousel à bagages. Il imite un fier cow-boy sur sa monture et lorsqu'il passe près d'eux, il les salue bien bas avec un chapeau imagi-naire. Léa éclate de rire devant les clowneries de son frère.

Soulagé de retrouver son fils, Jean aurait ri aussi si un agent de sécurité, à l'air furibond et pas commode du tout, ne s'était approché à grandes enjambées pour l'apostropher.

L'employé parle à toute vitesse en can-tonais, gesticule dans tous les sens devant Jean qui ne comprend pas un seul mot.

Finalement, pour tenter de le calmer, le pauvre Jean bégaie des excuses en français, en anglais et, même un peu, en cantonais :

— Je suis désolé... *sorry... Deoibathi...*

Du moins, sa traduction sonne comme ça.

Jean laisse échapper un soupir de soulagement lorsque le gardien s'éloigne, puis son regard se tourne vers le carrousel. Pas le moindre bagage ne reste sur le tapis roulant qui a cessé de tourner.

— Mais... ma valise ! s'exclame-t-il, désespéré.

Décidément, le voyage commence mal, pensent les jumeaux en espérant que le reste des vacances soit plus amusant.

L'air renfrogné, leur père donne son nom et la description de sa valise à un préposé de la compagnie aérienne. Ce dernier lui promet qu'un employé le contactera dès que l'on aura retrouvé ses bagages. Jean inscrit le numéro de téléphone de Than Cho sur le formulaire de réclamation, puis se dirige vers la sortie, les deux enfants à sa suite.

À l'extérieur, la chaleur étouffante surprend Mathis. « Comme c'est étrange, se dit-il en levant le nez vers le soleil. Chez nous, c'est l'hiver, alors qu'ici, on est en été ! » Un petit homme grassouillet au visage tout rond s'avance vers eux. Ses yeux bridés lui donnent un air bien sympathique. Dès qu'il l'aperçoit, Jean s'élance vers lui.

— Than Cho ! Mon ami ! Comment vas-tu ? dit-il en serrant étroitement son ami contre sa poitrine.

Évidemment, Léa et Mathis n'y comprennent rien, car les salutations se déroulent en cantonais. Enfin, le peu de cantonais que leur père connaît. Ce qui se limite à peu près aux formules de politesse.

Après ces retrouvailles amicales, Jean lui présente Mathis et Léa.

— Enchanté de vous rencontrer, répond Than Cho dans un excellent français.

L'ami de leur père les fait ensuite monter dans sa voiture où une autre surprise attend les jumeaux. Ils constatent que le volant de l'automobile est placé du mauvais côté. Il se trouve à droite !

— C'est un défaut ? demande Léa, les yeux écarquillés par l'étonnement.

Jean et Than Cho éclatent de rire.

— Non, ma puce. Ici, tous les volants sont installés de ce côté, l'informe son père.

— Attention ! s'écrie Mathis, paniqué. Vous roulez du mauvais côté de la rue !

Encore une fois, les adultes sont secoués d'un fou rire.

— Non, non, explique Than Cho après avoir repris son calme. À Hong Kong, les voitures circulent à gauche. Comme en Angleterre ou en Australie...

Mathis trouve cela bien étrange. Pourquoi les gens ne conduisent-ils pas du bon côté de la route ? Ce serait moins mélangeant.

## CHAPITRE QUATRE

# La rencontre avec Jing

Les jumeaux n'ont pas fini d'être étonnés. Le nez collé à la vitre, ils regardent défiler les rues de Hong Kong. On dirait une ville sans maisons ! Tout autour, les visiteurs ne voient que des gratte-ciel en verre aux formes plus bizarres les unes que les autres. Ici, une tour inclinée réfléchit les rayons du soleil. Là, un édifice à la base carrée se rétrécit au sommet en une pointe de flèche.

Than Cho habite dans l'immeuble le plus haut qu'ils aient jamais vu, dans un appartement situé au dernier étage. Heureusement qu'il y a un ascenseur. Dès qu'il ouvre la porte, un garçon de leur âge les accueille dans le hall d'entrée.

Encore une fois, les jumeaux ne comprennent pas les paroles échangées, mais ils aiment beaucoup la sonorité de la langue.

Than Cho se tourne vers eux :

— Je vous présente mon fils, Jing.

Contrairement à son père, le garçon est mince et élancé, mais il a les mêmes yeux bridés et le même sourire amical. Il plaît immédiatement aux jumeaux.

— Jing vit avec sa mère, poursuit Than Cho, alors je ne le vois pas souvent. Mais je tenais absolument à ce qu'il passe les vacances avec nous. En plus, Jing parle très bien français. Il pourra vous faire visiter la ville. Qu'en dites-vous ?

Mathis et Léa sont emballés. Bien sûr, ils aiment beaucoup leur père et Than Cho, mais passer la durée des vacances en leur compagnie... Non merci !

Jing les conduit dans sa chambre. Les jumeaux déposent leur valise et décident de se changer. Il fait bien trop chaud pour continuer à porter leurs gros pulls.

— Hé ! Regarde, Léa, s'exclame soudain Mathis. J'ai oublié de laisser mon canif à la maison !

Léa fronce les sourcils.

— Les agents des douanes auraient pu te le confisquer. Il est interdit d'avoir des couteaux dans les avions, même s'ils sont petits !

Mathis hausse les épaules et remet le canif dans sa poche. Jing les entraîne ensuite dans la rue bondée de passants.

— Je vais vous montrer la plus belle vue de Hong Kong, leur promet-il en les guidant à travers un flot ininterrompu de promeneurs.

À une intersection, ils doivent attendre qu'un brigadier les laisse passer en interrompant la circulation des voitures.

— Hong Kong est composé de plusieurs îles, explique Jing qui prend son rôle de guide touristique très au sérieux. Il parle tellement vite que les jumeaux en sont tout étourdis. Pour traverser d'une île à l'autre, il faut prendre le *ferry*. C'est comme l'autobus, mais sur l'eau.

— Est-ce qu'on peut le prendre ? demandent les jumeaux d'une seule voix. Un bateau-autobus, ça semble vraiment amusant !

— Bien sûr, mais plus tard, répond leur nouvel ami avec un grand sourire.

Jing s'arrête dans une petite boutique, dit quelques mots à la caissière et tend quelques sous. La dame lui remet trois billets.

— C'est pour le tram, explique-t-il aux jumeaux.

Quelques minutes plus tard, le garçon les fait monter dans un magnifique wagon rouge vif. À l'intérieur, les bancs en cuir sont très confortables.

Les jumeaux n'en reviennent pas :

— Wow, c'est ça vos autobus ? Ils sont bien plus beaux que chez nous ! s'exclame Mathis, admiratif.

Jing rit de leur air étonné.

— Non, non, le tram, c'est pour les touristes, dit-il, alors que le véhicule s'ébranle.

— Où allons-nous ? demande Léa en se penchant à la fenêtre.

— Au sommet de la montagne, d'où la vue est magnifique, vous verrez.

Jing dit vrai. Au sommet, ils jouissent d'une vue imprenable sur le centre-ville et la mer. Les jumeaux suivent le flot de touristes et entrent dans les magasins de souvenirs où Mathis achète une petite statuette verte d'un gros homme joufflu assis sur une fleur. Léa, elle, fait l'acquisition d'un superbe parasol en papier de riz sur lequel est peint un étrange dragon jaune vif.

L'après-midi, Jing les amène enfin sur un *ferry* en direction de l'île de Lantau. Ils s'assoient sur des bancs près des grandes fenêtres où s'écrasent des gouttes d'eau chaque fois que le bateau fonce dans une vague. Pendant la traversée, Mathis fait rire tout le monde en faisant le clown. Debout entre les rangées de bancs, il essaie de conserver son équilibre. Mais, en raison des vagues qui font tanguer le bateau, le garçon marche maladroitement, d'un bout à l'autre de l'allée, comme un ivrogne.

Ils accostent enfin dans une petite baie, tout près d'une plage entourée de hautes montagnes. Un trottoir longe la rive où de nombreuses personnes se promènent à vélo. Malgré la foule de curieux, Jing les conduit directement à un arrêt d'autobus qui se trouve tout près :

— Nous allons voir Bouddha, explique-t-il d'un ton énigmatique.

— Qui ? demandent les jumeaux.

Jing prend un air mystérieux et ne répond pas.

L'autobus, bondé de touristes, les conduit vers les montagnes en rebondissant sur la route sinueuse en terre. Les jumeaux, émerveillés par le paysage qu'ils découvrent, traversent des montagnes recouvertes d'une épaisse forêt. On dirait une jungle. Soudain l'autobus freine. Les passagers doivent s'agripper aux dossiers des sièges devant eux, pour ne pas être éjectés de leur banquette.

— Que se passe-t-il ? demande Léa en étirant le cou.

— Il y a un bœuf sur la route, explique Jing.

— Un bœuf ? répète Mathis. Qu'est-ce qu'il fait là ?

Jing hausse les épaules :

— Il traverse, répond-il comme s'il s'agissait de la chose la plus normale du monde.

Le chauffeur donne plusieurs coups de klaxon. Lorsque la bête parvient enfin de l'autre côté de la rue, l'autobus redémarre. Ils poursuivent leur route. Les jumeaux croient que rien ne peut plus les surprendre. Ils ont tort.

Bientôt le véhicule se gare au pied d'une montagne. En sortant de l'autobus, Mathis et Léa ouvrent de grands yeux étonnés à la vue d'une gigantesque statue de bronze haute d'une trentaine de mètres posée sur le sommet.

— Voici Bouddha, déclare fièrement Jing en la montrant du doigt.

La statue brille comme de l'or sous les rayons du soleil. Elle représente un homme un peu joufflu et souriant, à l'air sympathique, assis, les jambes croisées, sur une immense fleur de lotus.

— Hé ! comme la statue que j'ai achetée au magasin de souvenirs, s'exclame Mathis. Qui est-ce ? Ce doit être quelqu'un de drôlement important pour

qu'on ait érigé une statue de lui plus grosse qu'une école.

Léa est d'accord.

— Il est le fondateur de la philosophie bouddhiste, répond Jing. Il y a 2 500 ans, ce grand homme doté d'une infinie sagesse a découvert le secret pour arrêter la souffrance dans le monde et obtenir la paix.

Léa et Mathis sont impressionnés. Il n'existe pas de Bouddha, ni même de statue de cette taille au Québec. Voyant de nombreuses personnes gravir les marches menant à la statue, le trio décide de se joindre à elles. Les gens s'arrêtent parfois sur un palier, allument un cierge d'un air recueilli, puis poursuivent leur route vers le sommet. Les jumeaux comptent deux cents soixante-huit marches exactement.

À la fin de la journée, Mathis et Léa, épuisés, s'endorment dans le traversier qui les ramène en ville. En rentrant à l'appartement, les enfants trouvent Jean de bien meilleure humeur. On a enfin retrouvé sa valise !

## CHAPITRE CINQ

# Une visite au musée

Le lendemain, Than Cho décide de leur faire visiter le musée où il travaille, car Jing doit aller en classe.

— Tu vas à l'école le samedi ? demande Mathis, tout étonné.

Jing lève les yeux au ciel, déçu de ne pouvoir les accompagner.

— Papa me force à suivre des cours de français tous les samedis, répond-il en bougonnant.

— Ces leçons te permettent de parler avec tes nouveaux amis, lui rappelle son père en le poussant gentiment vers la porte. Tu retrouveras Léa et Mathis cet après-midi. Vous pourrez poursuivre vos découvertes de la ville.

Aussitôt Jing retrouve son sourire.

\*\*\*

Le musée est un grand bâtiment très moderne, tout en verre. Than Cho leur fait d'abord visiter la collection des vases anciens, ensuite celle de la porcelaine de Chine. Inquiet que l'un des jumeaux brise quelque chose, Jean ne les quitte pas des yeux.

— Ne touchez à rien, répète-t-il, dès que l'un ou l'autre fait mine de lever un doigt.

Léa et Mathis se lassent rapidement de ne pouvoir respirer sans se faire rabrouer. Ils décident de s'asseoir sur un banc en attendant que la visite prenne fin. Mais l'envie de découvrir les interminables corridors devient plus forte encore. Voyant Jean et Than Cho penchés sur une grande assiette blanche aux délicats motifs bleus (sans le moindre intérêt pour eux), ils en profitent pour disparaître dans une salle voisine.

Léa et Mathis enfilent de nombreux couloirs, dévalent des volées de marches et se perdent en un rien de temps. Bientôt ils débouchent dans une grande pièce plutôt sombre. Ils doivent se trouver quelque part dans les sous-sols, car aucune fenêtre ne perce les murs de pierres grises.

Les jumeaux déambulent lentement devant des tableaux suspendus aux murs. Ils représentent de riches seigneurs chinois drapés dans de magnifiques kimonos en satin. Le long des murs, derrière des vitrines judicieusement éclairées, sont exposés de très beaux objets qui scintillent dans la pénombre. On y retrouve des armures en or, des casques sertis de pierres précieuses, des lances et beaucoup d'autres choses qui brillent de mille reflets. Mais ce qui fascine le plus les jumeaux, c'est la statue qui se trouve au centre de la pièce. Ils s'approchent pour l'examiner de plus près. Légèrement plus petite qu'eux, elle représente un animal étrange. Avec son museau allongé et sa longue moustache noire, sa tête rappelle celle d'un dragon. Pourtant, la bête n'a pas d'ailes. Du cou à la pointe de sa queue, on dirait plutôt un serpent. Des écailles jaunes comme celles d'un poisson recouvrent son corps. Elle possède quatre minuscules pattes qui se terminent par des griffes acérées.

— Regarde ! s'exclame Léa, c'est le même animal que sur le parasol que j'ai acheté au magasin de souvenirs.

— Wow ! c'est beau, s'exclame Mathis d'un ton admiratif. Qu'est-ce que c'est, d'après toi ?

— C'est un dragon chinois, répond sa sœur, sans hésiter.

— Comment le sais-tu ?

— C'est écrit là, dit Léa, pointant du doigt une petite plaque de cuivre fixée sous la statue. On précise que les dragons font partie du folklore chinois depuis des milliers d'années. Selon la légende, on dit aussi que les dragons sont parfois accompagnés d'un protecteur, une sorte de gardien chargé de veiller sur le dragon et d'empêcher quiconque ayant de mauvaises intentions de s'en emparer...

— Donc lui, suppose Mathis en désignant du menton une autre statue en peu en retrait, c'est son gardien ?

La statue représente un homme aux yeux bridés et au visage blanc comme de la craie dont les longs cheveux noirs et lisses descendent au milieu du dos. Une longue et fine moustache retombe sur ses épaules. Vêtu d'un kimono de satin noir, il porte un sabre étincelant à la ceinture.

— J'imagine que oui, répond Léa.

Pendant un moment ils admirent le dragon, puis Léa déclare qu'il leur faut remonter :

— Si nous tardons trop, papa va nous gronder.

— Tu sais bien qu'il est incapable de se fâcher, réplique Mathis en lui emboîtant le pas.

\*\*\*

Dans la salle qu'ils viennent à peine de quitter, une scène très étrange se produit : le gardien de pierre se met à vibrer. Doucement d'abord, puis de plus en plus violemment. Des fissures apparaissent sur son visage et s'étendent le long de son corps, créant de fins nuages de poussière qui s'élèvent dans les airs. Soudain, la statue cligne des yeux. Elle regarde autour d'elle en faisant lentement pivoter son cou de pierre. Rassurée, elle referme les paupières et ne bouge plus... Un instant plus tard, une classe d'étudiants entre dans la salle en se tiraillant. La statue a repris son apparence normale.

*** 

Les jumeaux mettent plusieurs minutes à retrouver leur chemin jusqu'à la salle des porcelaines de Chine. Comme prévu, leur père les attend en tapant du pied. En les voyant, son expression inquiète se change aussitôt en soulagement. Pour se faire pardonner, Mathis et Léa lui adressent leur plus beau sourire, ce qui lui enlève aussitôt l'envie de les gronder.

Sur ces entrefaites, Jing, qui a terminé l'école, s'engouffre en courant dans le musée. Il vient chercher ses nouveaux amis.

## CHAPITRE SIX

# « Un danger vous guette »

Les trois amis passent l'après-midi à découvrir les rues du quartier de Jing. Celui-ci les entraîne dans un immense marché à ciel ouvert. Les tables des marchands, séparées les unes des autres par une toile de plastique, s'étalent à perte de vue. C'est un véritable labyrinthe. Les gens sont si nombreux que d'avancer de cinq pas prend au moins trois minutes. Étonnés, les jumeaux se promènent entre les étals en admirant les denrées du pays dont la plupart leur sont inconnus. Ils y découvrent des fruits verts à la peau hérissée de pointes qui ressemblent à de minis porcs-épics, d'autres sont ronds et roses, la peau constellée de petites bosses et de creux. Il y a aussi des carambres, qu'ils reconnaissent par leur forme étoilée une fois coupées en deux. Devant eux, Jing court d'une table à l'autre en nommant les aliments qu'il pointe du doigt : bokchoy, litchis, kaki, kumquat, goyave... C'en est étourdissant !

Derrière une autre table, un marchand a suspendu des poulets cuits. Il chasse les mouches trop curieuses avec un éventail. Mathis lui sourit. Aussitôt, le vendeur décroche un poulet et le lui tend.

— Euh... non, non merci. Merci... non !

Mathis a beau faire signe qu'il n'en veut pas, l'homme insiste. Pire encore, il s'est mis à lui parler en cantonais. Ne comprenant rien, le pauvre Mathis, décontenancé, cherche Jing des yeux.

Quelques pas plus loin, son nouvel ami et Léa se tiennent les côtes, gagnés par un grand fou rire.

Jing les entraîne finalement vers la sortie. Soudain, Mathis s'arrête net. Il vient d'apercevoir une silhouette vaguement familière dans la foule. Il a déjà vu cet homme vêtu d'un kimono, portant de longs cheveux noirs et une longue moustache... Mais il a beau scruter chaque visage, celui-ci a disparu. A-t-il rêvé ? Où a-t-il vu cet homme auparavant ?

— Qu'est-ce qu'il y a ? demande Léa en rejoignant son frère. Tu viens ?

Mathis hausse les épaules.

— Oui, oui... Je croyais avoir vu quelque chose... Oublie ça. Allons-y.

Lorsqu'ils atteignent le trottoir, une vieille femme aux cheveux longs et sales et à la bouche édentée apparaît devant eux. Elle attrape Léa par le bras et lui parle en cantonnais.

— Elle dit qu'elle peut lire notre avenir, traduit Jing. Mais il vaut mieux pas. Papa m'interdit de parler à ce genre de personnes.

— C'est une diseuse de bonne aventure ? demande Léa, intéressée.

— Si on veut, oui.

— Alors, elle ne fait de mal à personne !

— Mais nous n'avons pas d'argent ! Léa, allons-nous-en d'ici, s'objecte Mathis qui ne se sent pas très à l'aise.

— S'il vous plaît ! minaude Léa, qui trouve l'idée de se faire prédire l'avenir bien excitante.

— D'accord, répond Mathis en soupirant.

Jing discute avec la femme quelques instants, puis se tourne vers les jumeaux :

— Je lui ai dit que nous n'avions pas d'argent, mais elle insiste. Elle ne veut pas qu'on la paie.

Léa sourit :

— C'est magnifique alors, dit-elle en passant devant eux.

Mathis et Jing n'ont d'autre choix que de la suivre. Ils s'engouffrent dans une tente faiblement éclairée. À l'intérieur, la seule lumière provient de quelques chandelles posées sur le sol. Dans un coin, une bouilloire chauffe sur un petit réchaud. La vieille femme s'assoit sur un tapis tressé. Les trois camarades prennent place devant elle. Elle attrape une tasse dans laquelle elle laisse tomber quelques feuilles de thé, prend ensuite la bouilloire et y verse le liquide chaud.

Léa est impatiente. Bien sûr, elle ne croit pas vraiment que l'on puisse lire l'avenir dans une tasse de thé. Mais cela lui fera une belle anecdote à raconter à ses amis à son retour à Montréal.

La vieille dame tend la tasse à Léa et lui fait signe de boire. La jeune fille grimace en goûtant le liquide chaud et amer. Appréhensifs, Jing et Mathis gardent le silence. Son thé terminé, Léa remet la tasse à la vieille femme. Celle-ci observe en marmonnant le fond de la tasse où les feuilles de thé ont créé un curieux dessin. Elle relève la tête si vite qu'elle les fait sursauter. Les yeux brillants, elle leur parle alors d'une voix rauque :

— Qu'est-ce qu'elle dit ? demande Léa.

Jing avale sa salive de travers, les yeux agrandis par la peur.

— Un danger nous guette, traduit-il d'une petite voix.

Mais il n'a pas le temps d'en dire plus, car la femme poursuit. Concentré, Jing écoute, et frissonne.

— Quoi ? demande Mathis d'une voix un peu angoissée.

— Elle voit un étranger au visage pâle et inquiétant. Ses cheveux sont sombres comme la nuit. Elle dit que... Elle dit que... nous sommes en danger...

Mathis et Léa sont suspendus à ses lèvres. La vieille dame cesse brusquement de parler et, de sa main ridée, leur fait signe de partir. Les enfants ne se font pas prier. Sur le chemin du retour, ils gardent le silence, perdus dans leurs pensées. Comme c'est étrange, se disent-ils. Ils n'ont pas appris grand-chose des sombres prémonitions de la voyante. Une chose leur paraît clair : ils courent un grave danger. Mais peuvent-ils vraiment le croire ?

## CHAPITRE SEPT

# Un enlèvement
# au musée

En rentrant à l'appartement, une mauvaise surprise les attend. Les trois amis restent figés en apercevant les visages anxieux de Jean et de Than Cho.

— Que se passe-t-il ? demande aussitôt Jing à son père.

— Quelqu'un est malade ? s'enquiert Léa.

Than Cho prend une grande respiration.

— C'est horrible ! Tout simplement horrible ! dit-il, la voix tremblotante.

Jean raconte alors aux enfants les événements éprouvants de la journée.

— Après votre départ du musée, Than a voulu me présenter la responsable du département des pierres précieuses...

Il s'arrête et secoue la tête, comme s'il ne parvenait toujours pas à y croire.

— Et alors, quoi ? lancent les enfants, impatients.

— Elle n'était pas là...

Léa, Mathis et Jing se regardent, incrédules. Pourquoi s'en faire pour si peu ? Jean pourrait la rencontrer une prochaine fois !

— Et alors ? répètent-ils.

— Elle... elle a disparu, conclut Than.

Madame Chong, qui est responsable de la section des pierres précieuses, travaille au musée depuis quelques semaines seulement, mais suffisamment pour que Than Cho apprécie sa grande gentillesse. Il voulait la présenter à son ami. Ils ont donc frappé à la porte de son bureau à quelques reprises, sans obtenir de réponse. Fait pour le moins étrange, avait pensé Than, puisque la veille elle lui avait assuré qu'elle travaillerait toute la journée au musée. Lorsqu'il a ouvert la porte, il a poussé un juron en cantonais (Than Cho refuse de le traduire aux enfants). Le bureau de madame Chong était sens dessus dessous. Comme si une tornade y était passée et avait tout détruit sur son passage. Le désordre y était pire que dans la chambre des jumeaux. C'est tout dire ! Madame Chong avait mystérieusement disparu sans laisser de traces. Than Cho avait aussitôt appelé la police. Comme il est quelqu'un d'important, – après tout il dirige le musée le plus prestigieux de la ville–, les agents étaient arrivés rapidement.

Dès leur arrivée, les policiers ont posé des rubans orange devant la porte du bureau de madame Chong pour en interdire l'entrée. Pendant des heures, ils ont inspecté la pièce avec soin. D'autres inspecteurs ont été dépêchés à la résidence de madame Chong. Mais là aussi, c'était la pagaille. Et il n'y avait aucune trace de la pauvre dame. Les policiers craignent donc le pire.

— Ils croient qu'elle a été enlevée, bredouille Than. C'est vraiment horrible ! ajoute-t-il en se prenant la tête dans les mains.

Léa voudrait le consoler, mais elle ne sait pas quoi dire. Elle se contente de lui frotter le dos comme son père le fait quand elle est triste. Son geste a l'air de fonctionner, car Than relève la tête et reprend courage.

— Je vous remercie les enfants, dit-il. Nous ne devrions pas vous inquiéter avec des histoires d'adultes.

Mais Léa n'est pas du tout d'accord. Après tout, ils sont bien assez vieux pour comprendre !

## CHAPITRE HUIT

# Léa mène l'enquête

Pour les jumeaux, les vacances commencent mal. Après le souper, qui s'est déroulé dans le plus grand silence, Jean et Than ont envoyé les enfants au lit. Même s'il fait encore jour. Ils veulent parler « entre adultes ». Léa a rouspété, a essayé de les convaincre qu'ils étaient bien assez vieux pour comprendre et qu'ils pourraient peut-être même aider, mais pour une fois Jean est demeuré inflexible.

Installés sur leur lit, Mathis et Jing lisent une bande dessinée. Léa, furieuse et bien trop énervée pour lire, fait les cent pas dans la chambre en marmonnant entre ses dents :

— ... plus des bébés ! ... devraient nous faire confiance...

Soudain elle s'arrête et frappe son poing dans sa main.

— J'ai une idée ! Nous allons retrouver ceux qui ont enlevé madame Chong, annonce-t-elle d'un air de défi.

— Quoi ? s'exclame Jing incrédule.

Mathis ne bronche pas. Il s'attendait à quelque chose du genre.

— Pensez-y, reprend Léa. Si nous ne faisons rien, le reste des vacances sera fichu. Papa et Than continueront de s'inquiéter pour elle. Et nous, nous passerons toutes nos journées dans nos chambres.

Léa a appuyé sur les derniers mots, pour être bien certaine qu'ils comprennent ce que serait leur séjour, si madame Chong n'était pas rapidement retrouvée.

Mathis referme son livre. Il connaît sa sœur. Lorsqu'elle a une idée en tête, il est impossible de la lui enlever.

Les garçons réfléchissent en silence. Léa assène alors son argument le plus convaincant.

— Et puis, ce sera amusant de jouer aux détectives...

L'affaire est donc conclue. Ils retrouveront madame Chong et sauveront leurs vacances !

— Comment fait-on ? demande soudain Jing.

Apparemment, il n'a aucune idée de la façon de mener une enquête. Léa soupire, en levant les yeux au ciel :

— Nous devons trouver des indices.

— Mais, pour ça, il faut aller au musée, non ? Mon père ne nous laissera jamais y aller après ce qui s'est passé là-bas, s'oppose Jing.

C'est Mathis qui trouve la solution :

— Dans ce cas, nous irons cette nuit, quand nos pères dormiront !

\*\*\*

Jing accompagne souvent son père au musée, même en dehors des heures d'ouverture. Il connaît donc le code qui permet de désactiver le système d'alarme. Avant de quitter l'appartement, ils prennent la clé du musée sur le trousseau de Than Cho.

\*\*\*

Le grand bâtiment de verre est plongé dans la pénombre. Jing tourne la clé dans la serrure puis disparaît à l'intérieur. Il revient quelques secondes plus tard et leur fait signe d'entrer : la voie est libre. Jing leur a expliqué que, toutes les nuits, un gardien veille sur le musée. Mais comme il est chargé de surveiller les salles d'exposition, il ne se rend jamais à l'étage où sont situés les bureaux. Ils ne devraient donc pas tomber sur lui. Léa et Mathis sortent leur lampe de poche de leur sac à dos et montent l'escalier derrière Jing. Le bureau de madame Chong est facile à repérer. Les policiers ont laissé en place les rubans orange qui en défendent l'entrée. Une véritable scène de crime, pense Léa avec un frisson d'excitation. Ça ne lui fait pas peur. Bien au contraire. Elle adore les mystères et les enquêtes policières.

Jing s'apprête à tourner la poignée lorsque Léa l'arrête :

— Les empreintes, murmure-t-elle.

Jing retire vivement sa main. Léa sort un mouchoir de sa poche, et le pose sur la poignée. Alors seulement, elle ouvre la porte.

Dissimulé derrière une colonne, un homme à l'accoutrement étrange les

observe. Ses longs cheveux noirs et lisses lui arrivent au milieu du dos. Une drôle de moustache retombe sur ses épaules. Lorsqu'il bouge, son kimono s'ouvre légèrement, laissant entrevoir un long sabre dont la lame effilée brille doucement dans un rayon de lune...

\*\*\*

Un désordre indescriptible règne à l'intérieur du bureau de madame Chong : le bureau et la chaise sont renversés et des feuilles de papier et des bibelots cassées jonchent le plancher. Quelqu'un s'en est aussi pris aux somptueux tableaux : ils sont lacérés.

— Bon, dit Léa à voix basse, nous devons trouver des indices.

— Mais qu'est-ce qu'on cherche ? demande Jing.

— Des indices !

— Oui, mais ça ressemble à quoi, des indices ?

Léa est prise au dépourvu.

— On ne sait pas tant qu'on n'en a pas trouvé, répond Mathis, volant au secours de sa sœur.

— Exactement, approuve Léa en hochant vivement la tête.

Ils se mettent donc à la recherche de renseignements susceptibles de les aider. Léa sort un petit carnet de son sac à dos. Jing lui lance un regard interrogateur.

— C'est pour noter tout ce qu'on voit. Les enquêteurs notent toujours tout. On ne sait jamais, ça pourrait nous être utile plus tard...

Après quelques minutes, Léa s'interrompt, découragée. Ils n'ont rien trouvé. Ce n'est pas si facile, de jouer au détective.

— Je crois que nous perdons notre temps, avoue-t-elle. Nous devons nous demander qui a intérêt à enlever madame Chong et pourquoi. Jing, tu la connaissais bien ?

— Je ne l'ai jamais rencontrée, répond-il en secouant la tête.

— Sais-tu si elle a des ennemis ? demande Léa en griffonnant dans son calepin de notes.

— Madame Chong ? Papa la trouve très gentille. Elle lui donne souvent des sucreries pour moi, même si elle ne me connaît pas. Vous croyez que quelqu'un d'aussi gentil aurait des ennemis ? Non, elle n'en avait sûrement pas, tranche-t-il d'un ton catégorique.

— Est-ce qu'elle est riche ? demande Mathis. Bien oui, fait-il, répondant au coup d'œil interrogateur de sa sœur. Les gens riches se font toujours enlever pour des rançons, non ?

— C'est vrai, admet Léa. Alors, est-ce qu'elle est riche ?

Jing réfléchit un moment.

— Non, je ne crois pas qu'elle soit riche.

— Bon, elle n'a pas d'ennemis connus, et elle n'est pas riche, récapitule Léa. Qu'est-ce que nous avons oublié ?

— Chut ! Écoutez ! souffle Jing en baissant la voix.

Des pas résonnent dans le couloir.

— Cachez-vous ! lance Léa.

Trop tard. La porte s'ouvre et la lumière les éblouit.

Stupéfaits, les trois amis restent silencieux un long moment, puis une voix féminine demande sur un ton sec :

— Mais que faites-vous ici ? Qui êtes-vous ? Allez, parlez ou j'appelle la police !

La femme, vêtue d'un survêtement de jogging, a de longs cheveux noirs qui retombent sur ses épaules et de jolis yeux bruns en amande.

— N'appelez pas la police ! s'écrie Jing d'une voix paniquée. Je suis Jing...

— Jing, le fils de Than Cho ? l'interrompt la femme.

— Oui. Vous connaissez mon père ? Qui êtes-vous ?

L'inconnue prend un air troublé.

— Je... je... je suis de la police. Je suis le sergent Sukari. J'enquête sur l'enlèvement de madame Chong, répond-elle après un instant d'hésitation. Et vous, que faites-vous ici à cette heure ? Où sont vos parents ?

Les trois comparses gardent le silence, la mine basse.

— Allez, parlez donc !

— Nous voulions vous aider à résoudre le crime, admet finalement Léa.

La policière se tait un moment. Elle semble réfléchir.

— D'accord, j'ai une idée, dit-elle soudainement. Je ne parlerai pas de votre présence au musée en plein milieu de la nuit. Mais, en échange, vous devez me promettre que vous ne direz à personne que vous m'avez vue. Cela pourrait nuire à l'enquête. Les criminels pourraient l'apprendre...

Trop heureux de s'en tirer à si bon compte, le trio hoche vivement la tête en silence. Quelques minutes plus tard, ils se retrouvent tous sur le trottoir. Hormis un taxi garé non loin de là, la rue est déserte. Le chauffeur sommeille derrière le volant.

— Vous allez nous ramener dans votre voiture de patrouille et faire fonctionner les sirènes ? demande Mathis, plein d'espoir.

Mais la policière se contente de lâcher un petit rire et de les faire monter dans le taxi. Elle tend quelques dollars au chauffeur, puis leur souhaite bonne nuit.

Debout sur le trottoir, la détective attend que le taxi disparaisse au coin de la rue, avant de tourner les talons. Mais elle ne retourne pas au musée. Elle s'éloigne d'un pas rapide, puis s'engouffre dans une petite rue sombre.

Pendant tout ce temps, l'homme au kimono les observe d'une fenêtre du musée. Lorsque le calme revient dans la rue, il disparaît à son tour.

## CHAPITRE NEUF

# Des dragons dans le ciel

Le lendemain matin, pendant le déjeuner, Jean et Than Cho se demandent pourquoi leurs enfants sont si fatigués. Mathis n'a pas touché à ses céréales et menace de s'endormir, le nez dans son bol.

— Qu' avez-vous envie de faire aujourd'hui, les enfants ? demande Than Cho.

Jing hausse les épaules, les yeux lourds de fatigue.

— Et si tu les amenais au Jardin botanique ? propose son père en lui faisant un clin d'œil.

Jing ouvre de grands yeux pétillants de vivacité :

— Le Jardin botanique ! J'avais complètement oublié ! On y va ? demande-t-il aux jumeaux en sautant sur ses pieds, la fatigue soudain envolée.

Soulagés de se soustraire à l'œil scrutateur de leur père, les jumeaux acceptent aussitôt. Naturellement, avant de les laisser partir, Jean ne manque pas de leur faire de nombreuses recommandations de prudence.

Jing, vraiment heureux, ne tient plus en place et jacasse comme une pie.

— Vous allez voir, ça va être super ! répète-t-il toutes les deux minutes.

Mathis et Léa ne veulent pas gâcher son plaisir, mais des plantes, ils en ont aussi au Québec.

— Des plantes ! Mais qui vous parle de plantes ? lance Jing d'une voix dégoûtée. Ce sont des dragons que je vais vous faire découvrir.

— Comme ceux que nous avons vus au musée ? demande Mathis.

— Mais non, répond Jing en souriant. Ceux que vous allez voir peuvent voler !

— Des dragons ? Ne dites pas de sottises ! Les dragons n'existent pas, déclare Léa.

En guise de réponse, Jing se contente de sourire.

Peu de temps après, ils arrivent devant les portes du Jardin botanique.

Les jumeaux comprennent immédiatement qu'il ne s'agit pas d'un jardin comme les autres. Partout des dragons volent haut dans le ciel bleu sans nuages. Sur le sol, d'autres attendent des vents plus favorables pour prendre leur envol. Les cerfs-volants, de toutes les couleurs et de toutes les grandeurs, sont tout simplement magnifiques. Ce ne sont pas de vrais dragons, mais les jumeaux sont tout de même impressionnés. Jing est très fier de lui.

— Je vous l'avais dit, hein ? claironne-t-il sur un ton joyeux. Venez, ce sera bientôt l'heure !

Il les entraîne sur une petite colline où la foule est déjà assemblée. L'espace d'une seconde Mathis croit avoir reconnu une silhouette familière et se fige. Il pense avoir vu parmi les spectateurs un homme aux longs cheveux noirs portant une longue moustache... Mais quand il regarde à nouveau pour s'en assurer, il ne voit rien.

— Qu'est-ce qu'il y a ? demande aussitôt Léa en voyant son air interloqué.

— Non, rien... murmure Mathis, scrutant les visages.

Sa sœur fronce les sourcils mais reste silencieuse. Ils s'assoient parmi d'autres enfants. Les jumeaux aimeraient bien leur parler, mais ils ne comprennent malheureusement pas le cantonais. Soudain, le silence se fait.

— Que se passe-t-il ? demande Léa à voix basse.

— L'histoire va commencer, répond Jing sur le même ton.

À leurs pieds, un homme vêtu d'un kimono rouge et or prend la parole.

— Génial ! Ils vont raconter la légende du Grand dragon chinois, s'exclame Jing.

Des hommes apportent le plus long dragon cerf-volant qu'ils aient jamais vu. Il est aussi long qu'un autobus. Il faut au moins une douzaine de personnes pour le soutenir. Le conteur commence à parler d'une belle voix grave tandis que Jing traduit à voix basse.

— Il y a de cela très, très longtemps, tous les royaumes du pays possédaient leur propre emblème. Il s'agissait d'un dessin qui représentait leur tribu. Un serpent symbolisait celui du grand Empereur Jaune. Selon la légende, chaque fois que l'Empereur réussissait à vaincre un nouvel ennemi à la guerre, il incorporait l'emblème du pays conquis au sien. Au fil des batailles, l'empereur Jaune ajouta une queue de poisson et des écailles au serpent, puis les bois d'un cerf, les pattes d'un aigle, les yeux d'un démon et le visage d'un qilin. Au bout du compte, le serpent n'était plus un serpent. Il s'était transformé en dragon.

— C'est quoi, un qilin ? l'interrompt Mathis à voix basse.

— C'est un animal légendaire. Il ressemble à un cerf, mais son corps est fait d'écailles enflammées.

Le conteur poursuit son histoire :

— Créature magique, le dragon chinois gouverne les mers et les océans. Son souffle provoque tempêtes et typhons.

Sur ces paroles, les hommes qui portent le cerf-volant dragon se mettent à le secouer. On dirait que le dragon prend vie sous un vent invisible ! Ils attrapent des cordes et le dragon cerf-volant monte doucement dans les airs. Habiles à la manœuvre, les hommes lui font survoler des océans imaginaires, sauter des chutes d'eau et éveiller des tornades.

Le conteur, qui s'est interrompu pour admirer le vol de la créature fantastique, reprend son récit, et Jing sa traduction :

— Les dragons chinois prennent vie une fois l'an, lors du Festival des dragons. Tous les dragons statues de la ville s'arrachent alors à leur socle et s'envolent dans les airs. Alors, tout le ciel de la Chine et de Hong Kong est envahi de centaines de ces créatures aux couleurs vives. Pendant trois jours et trois nuits, ils sillonnent le ciel avant de retourner à la pierre. Mais, chaque année, lorsque l'heure est venue de s'endormir à nouveau, plusieurs dragons manquent à l'appel. Certains affirment que ceux-ci sont montés au paradis, parfois accompagnés d'un homme qui chevauche sur leur dos et qui accède ainsi à la vie éternelle...

L'histoire se termine sur les applaudissements de la foule enthousiaste.

## CHAPITRE DIX

# Un vol au musée

Léa, Mathis et Jing regagnent l'appartement. L'atmosphère y est encore plus lourde que la veille. Than semble complètement effondré. Aussitôt Jing interroge son père.

— Que se passe-t-il ?

— C'est la catastrophe ! répond Than, des larmes plein les yeux.

— Quelqu'un d'autre a été enlevé ? ajoute Mathis.

— Non, pire encore, ah, c'est bien pire !

— Le joyau le plus précieux du musée a été volé, annonce Jean à sa place.

Les enfants sont sidérés.

— Quand ? s'écrient-ils d'une seule voix.

— La nuit dernière, répond Than Cho. Le voleur a assommé le gardien, puis brisé la vitrine.

Les enfants échangent un regard. La nuit dernière... pendant qu'ils se trouvaient au musée ! Ils n'osent imaginer ce qui se serait passé s'ils avaient rencontré le criminel. Auraient-ils été blessés aussi ? Les aurait-on enlevés pour exiger une rançon de leurs pères ? Léa frissonne d'épouvante, mais aussi d'excitation. Après tout, le danger fait partie de la vie de détective !

— Mais c'est impossible ! s'écrie Jing. La nuit dernière... Aye !

Léa a donné un coup de coude à Jing pour le faire taire. A-t-il déjà oublié la promesse faite à la policière ?

— Que va-t-il se passer, maintenant ? demande-t-elle à Than Cho.

— Je vais sûrement être renvoyé ! lâche-t-il dans un soupir. D'abord, un kidnapping, ensuite le vol de la pierre la plus précieuse du musée... C'est la catastrophe, la catastrophe !

Comme la veille, Mathis, Léa et Jing regagnent leur chambre immédiatement après le repas. Cette fois-ci, Léa ne rouspète pas. Elle éprouve le besoin de réfléchir.

— Vous vous rendez compte ! s'écrie Jing, aussitôt la porte refermée sur eux. On aurait pu tomber nez à nez avec le criminel ! Et qu'est-ce que nous aurions fait, hein ?

Jing est un peu fâché. Il aime jouer au détective, mais pas au point de mettre sa vie en danger !

— Personne n'était en danger hier soir, riposte Léa pour le calmer. Nous ne sommes même pas descendus dans les salles d'exposition.

— Et nous étions avec une policière ! ajoute Mathis, volant au secours de sa sœur.

— Bon, récapitulons ce que nous savons, propose Léa pour changer de sujet. D'abord, la responsable des pierres précieuses se fait enlever. Quoi d'autre ?

— Quelqu'un a fouillé son bureau et sa maison, ajoute Jing à contrecœur.

— Ça veut dire que ceux qui ont fait ça cherchaient quelque chose ! s'exclame Léa sur un ton victorieux.

— Oui, mais quoi ?

Les enfants réfléchissent quelques instants.

— Nous essaierons de trouver la réponse à cette question plus tard, reprend Léa. Revenons aux faits. Quel autre élément avons-nous ?

— Une pierre précieuse a été volée.

— Et pas n'importe laquelle, corrige Jing. La plus précieuse du musée !

— Pourquoi donc ? demandent les jumeaux.

— C'est un rubis aussi gros qu'un œuf d'autruche. Il vaut une fortune !

— D'abord, la responsable des pierres précieuses est enlevée. Ensuite, une personne attaque le gardien et vole le rubis. En quoi ces deux événements sont-ils liés ? demande Mathis en se grattant la tête.

— Je l'ignore, admet Léa. Mais je pense que nous devrions interroger le gardien.

— Mais pourquoi ? s'étonne Jing.

— Parce qu'il a peut-être vu son assaillant !

Devant l'air consterné de Jing, elle s'empresse d'ajouter :

— Ne t'inquiète pas, Jing. Cette fois, nous irons en plein jour, pendant les heures d'ouverture du musée, d'accord ? Je vais demander à papa si on peut l'accompagner. Lui et Than Cho y vont demain. Il en a parlé avant le souper.

Jing hoche la tête, soulagé.

Pendant la nuit, Mathis rêve d'un dragon doré volant au-dessus de la ville. De temps à autre, une écaille scintillante se détache de ce corps éblouissant, laissant une traînée lumineuse derrière elle, comme une étoile filante.

*** 

Le lendemain matin, Léa et Mathis doivent convaincre leur père de les laisser l'accompagner au musée avec Than Cho.

— Vous allez vous ennuyer, les prévient-il.

— Non ! Il y a encore plusieurs salles d'exposition à visiter !

— Vous allez nuire à l'enquête. Il y a des dizaines de policiers sur place.

Les jumeaux reviennent à la charge :

— Nous nous ferons petits comme des souris !

— Nous serons sages comme des images !

Vaincu, Jean accepte de les amener. Toutefois, il leur fait promettre de rester près de lui. Les jumeaux acquiescent d'un signe de la tête, un immense sourire aux lèvres.

Dès leur arrivée au musée, Mathis, Léa et Jing s'arrangent pour semer les adultes. Ils se rendent directement à la salle des pierres précieuses. Celle-ci est bondée de policiers, qui ont l'air très occupé. Certains prennent des photos, d'autres passent de petits pinceaux sur des surfaces enduites de poudre blanche.

— Ils prennent les empreintes dirigeables, souffle Mathis.

— Les empreintes di-gi-ta-les ! corrige Léa.

Un policier prend des photos d'une vitrine fracassée. Léa se rappelle y avoir admiré le rubis lors de sa première visite.

Elle donne un coup de coude à Mathis pour attirer son attention. Il approuve de la tête. Lui aussi s'en souvient.

— Est-ce que vous voyez le sergent Sukari ? demande Jing en étirant le cou.

La policière qu'ils ont rencontrée deux nuits plus tôt n'est pas dans la salle.

— Elle doit être occupée ailleurs, répond Mathis. Peut-être est-elle en train d'interroger le gardien ?

— Qu'est-ce que vous faites là ?

Les ayant aperçus, un policier se dirige vers eux à grandes enjambées.

— Il est interdit d'être ici ! C'est une scène de crime ! lance-t-il, en colère.

— Est-ce que le gardien va bien ? demande Jing, précipitamment. Vous savez, je le connais...

Le policier se radoucit :

— Il va bien. Une simple bosse sur le crâne. Il se repose à l'hôpital.

— Nous sommes venus rencontrer le sergent Sukari. Nous avons quelque chose à lui dire, ajoute Léa, mentant effrontément.

Le policier fronce les sourcils:

— Le sergent Sukari ? Jamais entendu parler.

— Mais... nous l'avons rencontrée ici même. La nuit...

Mathis écrase le pied de Jing pour le faire taire. Un peu plus, et il allait révéler leur présence au musée en pleine nuit !

— Je suis le chef de police et je peux vous assurer qu'il n'y a pas de sergent Sukari parmi les enquêteurs de ma brigade. Maintenant, filez !

Ils n'ont pas le choix. Ils reprennent les longs couloirs en sens inverse.

— Mais ça n'a pas de sens ! fulmine Jing. Nous ne l'avons pas rêvée, cette policière, non ?

Mathis secoue vigoureusement la tête :

— Non ! Certainement pas !

— Il n'y a qu'une seule explication, avance Léa après un moment d'hésitation. Le sergent Sukari n'est pas qui elle prétend être !

Assis sur un banc à l'entrée de la salle des poteries, les enfants réfléchissent à cette hypothèse.

— Si elle ne travaille pas pour la police, pour qui travaille-t-elle alors ? s'interroge Jing à voix haute.

— C'est peut-être une détective privée ? propose Mathis.

— Bien sûr ! C'est pour cette raison qu'elle ne portait pas d'uniforme !

— C'est vrai, ça se tient, reconnaît Léa. Elle a sans doute été engagée par la famille de madame Chong.

— Que fait-on maintenant ? demande Mathis.

— Nous allons parler au témoin, lance Léa en se dirigeant vers la sortie. Si nous faisons vite, nous pouvons revenir avant que papa et Than Cho ne s'aperçoivent de notre absence. Allez, dépêchez-vous !

Quelques minutes plus tard, l'autobus les dépose devant l'hôpital. À la réception, Jing se fait passer pour le petit-fils du gardien. La réceptionniste lui indique un numéro de chambre et ils s'engouffrent tous les trois dans un ascenseur.

— Qu'allons-nous lui demander ? s'enquit Jing.

— Laissez-moi faire ! suggère Léa.

À leur arrivée, le gardien est couché dans son lit, les couvertures remontées sous son menton. À leur grande déception, il dort.

— Zut ! s'exclame Mathis. On a fait tout ce chemin pour rien.

Ils s'apprêtent à revenir sur leurs pas lorsque...

— Hé, regardez ! Il est réveillé ! s'écrie Jing.

En effet, un œil amusé les observe. Un instant plus tard, l'autre s'ouvre à son tour et un sourire fend son visage ridé. Il jouait la comédie ! Malheureusement, le vieil homme ne parle que le cantonais. Jing doit donc traduire toutes les questions de Léa.

— Il croyait que c'était l'infirmière, c'est pour ça qu'il faisait semblant de dormir, explique Jing après s'être présenté au gardien.

— Vos infirmières sont si méchantes ? s'étonne Mathis.

Jing trouve la remarque très drôle :

— Non, en fait, il est si bien traité qu'il veut demeurer le plus longtemps possible à l'hôpital.

Léa comprend. Plus petite, elle est tombée en ski et s'est cognée la tête. Les médecins ont préféré la garder à l'hôpital quelques jours de plus afin de s'assurer que tout allait bien. Elle a reçu tellement de cadeaux et de chocolats pendant son séjour qu'elle y serait restée bien plus longtemps !

— Demande-lui ce qui s'est passé au musée, demande Mathis, qui commence vraiment à aimer le métier d'enquêteur. A-t-il vu son agresseur ?

Jing traduit la question. Le vieil homme se gratte la tête en réfléchissant, puis se met à parler.

Ils apprennent que le vieux gardien a commencé son quart de travail à vingt heures, comme d'habitude. Il a débuté sa ronde dans la salle des poteries. Tout paraissait alors normal. Puis, sur le coup de minuit, alors que la grande horloge sonnait les douze coups, il a entendu un grand fracas. Persuadé que le vacarme provenait de l'une des salles du sous-sol, il s'y est rendu sur la pointe des pieds afin de ne pas alarmer le voleur. Il venait de mettre le pied sur la dernière marche quand il a reçu un grand coup derrière la tête. Tout est devenu noir...

— C'est tout ce dont il se souvient, conclut Jing.

— A-t-il vu quelque chose ? demande Léa avec espoir.

— Tout ce qu'il a aperçu avant de perdre connaissance, c'est une silhouette vêtue de noir.

Les enfants ont beau insister, le gardien, déçu, ne se rappelle rien d'autre. En quarante ans de travail, c'est la première fois qu'un crime se produit sous son nez sans qu'il puisse intervenir. Les enfants le remercient et s'apprêtent à partir lorsque le vieil homme s'assoit soudainement dans son lit. Il vient de se rappeler un détail. Selon lui, la statue du gardien de pierre qui se trouvait près du dragon devait avoir été volée aussi, car elle avait disparu.

Léa, Mathis et Jing sortent dans la rue pour attendre l'autobus.

— C'est étrange, songe Jing à voix haute. Papa n'a pas mentionné que le gardien du dragon avait disparu.

— Tu crois qu'ils n'ont pas remarqué son absence ?

— Oh, je suis sûr que oui, Léa, répond Jing. C'est une très vieille statue. Elle a au moins deux mille ans !

— Peut-être qu'avec l'enlèvement de madame Chong et le vol de la pierre précieuse, ils ont jugé que la disparition de la statue n'avait pas tant d'importance...

— Peut-être, admet Jing d'une voix incertaine.

Soucieux, Mathis n'a pas prononcé un seul mot depuis qu'ils ont quitté l'hôpital. Cette histoire le dérange. Celui qu'il croit avoir aperçu partout depuis quelques jours, est-il l'homme que le gardien a vu avant de se faire assommer ? L'autobus arrive et ils montent à bord.

À ce moment-là, Mathis remarque, de l'autre côté de la rue, un individu à l'allure étrange vêtu d'un long manteau. Ses cheveux lui arrivent au milieu du dos, et il porte une longue moustache tombante... Un coup de vent soulève un pan de son manteau, découvrant pendant quelques secondes un kimono noir et un sabre étincelant. L'instant d'après, l'homme a disparu. Cette fois, Mathis le reconnaît.

— Je pense que nous sommes suivis, annonce-t-il d'une voix blanche.

— Quoi ? demande Jing en souriant, persuadé que son ami lui fait une blague.

— Depuis notre première visite au musée, je vois cet homme partout. Je suis sûr que nous sommes suivis, répète Mathis sérieusement avant de leur raconter toutes les fois où il a aperçu l'individu.

— Je n'arrive pas à croire que tu aies gardé ces informations-là pour toi, dit Léa lorsque Mathis se tait. Elles auraient pu nous aider à faire avancer l'enquête !

— Je ne savais pas que c'était si important, s'excuse son frère, confus. Je pensais qu'il s'agissait de coïncidences. Puis, j'ignore qui il est. Cet homme n'a peut-être rien à voir avec ce qui se passe au musée.

Ils viennent de descendre de l'autobus et se trouvent face à l'entrée du musée. Toujours fâchée, Léa ne répond pas. Mal à l'aise, Jing n'ose intervenir. Il regarde l'heure à sa montre :

— Il est temps d'aller retrouver nos pères, dit-il d'une petite voix.

## CHAPITRE ONZE

# Le gardien du dragon

La porte du bureau de Than Cho est entrouverte. Le trio s'apprête à entrer, lorsqu'une voix qu'ils reconnaissent aussitôt les fige sur place :

— Quand l'avez-vous reçu ? s'informe le chef de police qu'ils ont rencontré le matin même dans la salle des pierres précieuses.

Ils savent bien qu'il est impoli d'écouter aux portes, mais ils ne peuvent résister.

— J'ai ouvert mon courrier électronique et il se trouvait là, parmi les autres, répond Than Cho. Le message a été envoyé à neuf heures cinquante ce matin.

— Qu'allez-vous faire ? demande le père des jumeaux. Allez-vous payer la rançon ?

En entendant ce mot, les enfants échangent un regard intrigué.

— Nous allons d'abord tenter de voir si nous pouvons retrouver l'expéditeur de ce courriel. Ah ! comme je m'ennuie du bon vieux temps de la poste ! Au moins, nous avions une chance de relever des empreintes sur le papier, dit en soupirant le chef des policiers.

— Et si vous ne trouvez pas l'auteur du message ? demande Than.

— Je crois que nous n'aurons pas d'autre choix que de leur apporter la rançon. Voulez-vous me lire ce courriel, s'il vous plaît ? Vous m'en ferez une copie plus tard.

Assis devant l'écran de son ordinateur, Than Cho relit le message à haute voix :

— Si vous voulez revoir madame Chong vivante, vous avez tout intérêt à trouver douze millions de dollars. La transaction se fera cette nuit au Jardin botanique. Venez seul.

Ayant fini de prendre des notes dans son calepin, le policier s'adresse à Than Cho :

— Je vous prie de m'excuser, je dois discuter avec mon équipe. Nous vous enverrons un technicien spécialisé le plus tôt possible.

Mathis, Léa et Jing filent se cacher derrière une colonne. Lorsque le policier disparaît au bout du corridor, ils entrent dans le bureau.

— Écoutez, les enfants, commence Than Cho dès qu'il les aperçoit. Ce soir, Jean et moi allons sortir. Nous avons demandé à madame Chizu de venir vous garder.

— Nous garder ? Nous ne sommes plus des bébés ! proteste Jing, d'un air insulté.

Son père laisse échapper un long soupir. De grands cernes assombrissent ses yeux. Il a l'air très fatigué, songent les jumeaux. Toute cette histoire d'enlèvement, de vol et de rançon l'a épuisé.

— Écoute Jing, dit Than Cho en se baissant à la hauteur de son fils, s'il te plaît, fais ce que je te demande. Je risque de perdre mon emploi, je n'ai pas le temps de me disputer avec toi. Madame Chizu vous gardera ce soir, un point c'est tout !

Mathis et Léa n'ont encore jamais vu Than Cho de mauvaise humeur. Ils jettent un regard à leur père qui leur fait signe de se taire.

Dans vingt minutes, madame Chizu passera les prendre, puis les ramènera à l'appartement. En attendant, ils peuvent se promener dans les salles d'exposition, mais ils doivent promettre de ne pas s'éloigner sous peine d'être privés de télévision. Ils acceptent à contrecœur.

*** 

Dépités, ils sortent du bureau en silence. Décidément, les vacances sont loin de se dérouler comme ils l'avaient imaginé. Ils traversent la salle des poteries. Celle-ci est complètement déserte. Il n'y a là rien d'étonnant. La police a ordonné qu'on ferme le musée aux visiteurs pendant toute la durée de l'enquête.

Furieux de la situation, le propriétaire du musée, un homme riche et antipathique, tient son directeur responsable des événements. Il menace de le renvoyer si toute cette affaire n'est pas réglée rapidement, et si le rubis ne lui est pas rendu ! Pauvre Than Cho.

Les enfants, l'air maussade, s'assoient sur un banc près d'une vitrine où est exposé un grand vase noir aux motifs fleuris. Du coin de l'œil, Mathis aperçoit un mouvement. En se retournant, il entrevoit, le temps d'une fraction de seconde, une silhouette sombre disparaître derrière une colonne.

— Encore ! s'exclame-t-il en se levant d'un bond. Vous avez vu ? C'est lui, j'en suis sûr !

Léa et Jing secouent la tête.

— Vu qui ? demandent-ils.

— C'était lui, l'homme en noir. Il faut le rattraper !

Ils sortent de la salle à toute vitesse et s'élancent à sa poursuite dans les couloirs déserts. Ils s'arrêtent bientôt au pied d'un escalier plongé dans la pénombre. Ils dressent l'oreille, aux aguets, mais le silence est total.

— Où est-il allé ? chuchote Léa.

— Je ne sais pas, répond Mathis. Où sommes-nous ?

— Nous sommes dans les sous-sols, dit Jing. Seuls les employés y ont accès. On y entrepose les objets du musée qui ne font pas partie de l'exposition permanente. Si mon père apprend que nous sommes descendus ici...

— Pourquoi n'as-tu pas le droit de venir ici ? questionne Léa.

— La plupart des objets laissés au sous-sol sont très rares et mon père a peur que je casse quelque chose en jouant. Ce serait catastrooooophiiiiique, dit-il en imitant la voix de son père.

Son imitation fait rire Mathis, mais Léa les rappelle vivement à l'ordre :

— Chut ! Il ne faut pas que cet homme sache que nous le suivons !

Aussitôt les garçons prennent un air coupable.

— Tu crois que ton homme étrange est venu par ici ? murmure Léa.

Mathis n'a pas le temps de répondre à la question de sa sœur. Des bruits de pas précipités indiquent que quelqu'un d'autre rôde dans les parages.

— Ça provient de là ! chuchote Léa en pointant une porte située tout près.

— C'est la salle de restauration des œuvres, explique Jing à voix basse.

— Je crois qu'il se cache là-dedans, dit Mathis d'une voix inquiète.

— Qu'est-ce qu'il y a dans cette pièce ? demande Léa

— C'est l'endroit où les restaurateurs réparent tous les objets et les préparent pour être exposés. Je vais chercher mon père...

Léa soupire d'impatience et rattrape Jing par la manche de son chandail. D'une poussée, elle ouvre la porte en grand. Il fait noir comme en pleine nuit dans la pièce sans fenêtre. Léa tâtonne le long du mur et appui sur l'interrupteur. Une lumière vive éclaire aussitôt une grande salle encombrée d'objets divers. Plusieurs rangées de tables sur lesquelles sont posées des œuvres attendent d'être restaurées : des tableaux de toutes les dimensions, des armures ternies par le temps, des poteries fêlées, des armes, et même un magnifique dragon chinois.

— Mais c'est le dragon qui se trouvait dans la salle d'exposition à côté du gardien de pierre ! s'exclame Jing.

— Il n'a pourtant pas l'air brisé, que fait-il ici ? s'interroge Mathis.

— Ils le préparent pour le Festival du dragon chinois, répond une voix grave qui les fait sursauter.

D'un bloc, ils se retournent pour se retrouver face à un homme étrangement accoutré. Ses longs cheveux noirs et lisses lui retombent librement sur les épaules. Son visage est très pâle et contraste avec ses épais sourcils qui lui donnent un air menaçant. Sa main droite est posée sur le manche du sabre qu'il porte à la ceinture de son kimono.

— C'est lui ! C'est l'homme que j'ai vu partout ces derniers jours, s'écrie Mathis.

L'homme ne lui accorde aucune attention. Il s'avance plutôt vers le dragon. Mathis et Jing s'écartent, inquiets. Léa ne bouge pas :

— Qui êtes-vous ? demande-t-elle d'une voix ferme.

L'inconnu ne répond pas. Il passe lentement une main sur le museau d'or du dragon.

— Qui êtes-vous ? répète Léa, agacée. Et pourquoi nous suivez-vous ?

— C'est le voleur ! lance Jing d'une voix paniquée. C'est lui qui a enlevé madame Chong et volé la pierre ! Maintenant, il veut voler le dragon. Et il va nous tuer, car nous sommes des témoins ! La vieille femme avait raison. Nous sommes vraiment en danger ! C'est lui, l'étranger dont elle nous parlait !

L'individu baisse lentement les yeux vers eux. On dirait qu'il les voit pour la première fois.

— Je suis le gardien du dragon, son défenseur. Ma mission est de le protéger, dit-il d'une voix si profonde qu'on la croirait surgie d'une caverne.

Un protecteur de dragon ? Comme dans la légende ? Cet homme doit être fou, se disent les jumeaux. Devant leurs mines sceptiques, il entreprend de leur expliquer.

— Connaissez-vous l'histoire de l'Empereur jaune ?

— Celui qui avait un serpent-dragon pour emblème, répond immédiatement Léa.

Le gardien acquiesce gravement.

— Que savez-vous d'autre ?

Cette fois, c'est Jing qui répond :

— Selon la légende, après leur passage sur terre, les portes du paradis s'ouvrent automatiquement pour accueillir les dragons. Ils sont parfois accompagnés d'un homme qui monte sur leur dos et accède ainsi à la vie éternelle.

— Votre description est presque exacte, le félicite l'homme. Toutefois, il vous manque une partie très importante de l'histoire. D'abord, tous les dragons ne peuvent prendre vie ; seulement ceux de l'Empereur. Et ce n'est pas tout : pour avoir le droit de se hisser sur leur dos, les humains doivent leur offrir une pierre précieuse, un rubis, en guise de présent.

— C'est un rubis qui a été volé dans la salle des pierres précieuses ! s'exclame Léa.

— Pour l'offrir à un dragon de l'Empereur ? demande Jing.

Le gardien approuve en silence.

— Mais pourquoi donc ? s'enquiert Mathis. Ce n'est qu'une légende. On ne peut pas vraiment aller au paradis sur le dos d'un dragon !

— Certaines personnes croient aux légendes, répond le gardien. C'est pour cette raison qu'elles existent.

— Et, vous, quel est votre rôle ? Pourquoi vous intéressez-vous tant au dragon ? Et puis, pourquoi nous suivez-vous partout ? demande Léa.

L'homme soupire, en se laissant lourdement tomber sur une chaise.

— Je m'appelle Tzin Tao. Je fais partie de la garde royale de l'Empereur Jaune...

Mathis, Léa et Jing écoutent bouches bées le récit du singulier personnage. Pendant son règne, l'empereur a fait construire des statues représentant le dragon, pour narguer ses ennemis. Les statues, de taille modeste, étaient magnifiques et d'or véritable, incrustées des plus belles pierres précieuses du monde.

— Attendez ! s'écrie Léa qui vient de penser à quelque chose. C'est impossible ! Si vous faisiez partie de la garde de l'Empereur Jaune, ça signifie que vous avez au moins deux mille ans !

Le gardien lui jette regard entendu.

— C'est ce que j'essaie de vous dire...

— C'est impossible, répète Léa d'un air buté.

— Plusieurs faits ou croyances peuvent te sembler impossibles, mais cela ne veut pas dire qu'ils n'existent pas. Quand l'Empereur est mort, tous ses gardes se sont changés en statues. Chaque dragon doré disposait de son propre gardien. Au fil des siècles, des dragons ont été perdus, volés, détruits ou oubliés. Chaque fois qu'un dragon subit un tel sort, son gardien disparaît pour toujours.

Tzin Tao fait une pause avant de déclarer d'un ton grave :

— Ce dragon est le dernier vrai dragon de l'Empereur. Et j'en suis le dernier gardien.

— Et les autres dragons qui se trouvent dans ce musée, alors ? demande Mathis.

— Ce sont des faux. De pâles copies ! Ils ont tous été fabriqués bien plus tard. Non, je vous l'assure, le dragon que vous avez devant vous est le dernier dragon de l'Empereur Jaune. Ma tâche consiste à le protéger. Je me réveille seulement lorsqu'il est en danger, et je me transforme de nouveau en pierre lorsque la menace est écartée. Je ne me suis pas réveillé depuis le milieu du XII$^e$ siècle...

Les enfants gardent le silence un moment, tâchant de décider si, oui ou non, ils croient à cette histoire invraisemblable.

— Donc quelqu'un a volé le rubis du musée dans le but de l'offrir à un dragon et de s'envoler avec lui, récapitule finalement Jing.

Le gardien hoche la tête.

— Et ce dragon est le seul, en théorie, qui peut conduire un humain au paradis, ajoute Mathis en pointant le dragon d'or près d'eux.

— C'est exact, répond Tzin Tao. Mais on ne peut réveiller un dragon qu'une fois par an, c'est-à-dire pendant le festival du dragon chinois.

— Le Festival du dragon... Mais il se termine ce soir, non ? s'écrie Jing en se frappant le front du plat de la main.

Le gardien fait signe que oui.

— Alors, si le voleur tente quelque chose, ce sera obligatoirement cette nuit, n'est-ce pas ?

Nouveau signe de tête affirmatif.

— Il faut l'en empêcher ! lance Mathis.

— Mais que vient faire madame Chong dans tout cela ? demande Léa au gardien.

— Je ne sais pas...

— Nous devons partir, annonce soudain Jing. Madame Shizu doit être arrivée et nous allons être punis si nous la faisons attendre.

Avant de quitter Tzin Tao, ils s'entendent pour se retrouver le soir même au même endroit, dix minutes avant minuit.

## CHAPITRE DOUZE

# Le dragon
# prend son envol

Passer la soirée en compagnie d'une gardienne est rarement amusant. Mais passer la soirée avec une gardienne plus vieille que ses propres parents devient carrément ennuyant ! Madame Shizu n'est pas méchante, seulement un peu dépassée. D'abord, elle veut les faire jouer avec des voitures miniatures qu'elle a apportées, comme s'ils étaient encore des bébés ! Ensuite, au souper, elle tient à découper leur nourriture en petits morceaux. Enfin, elle les envoie au lit dès dix-neuf heures ! Mais ils ne protestent pas, au contraire. Si madame Shizu les croit endormis depuis longtemps, il leur sera plus facile de se glisser hors de l'appartement pour retourner au musée. Malheureusement, c'est sans compter sur la vigilance de la gardienne. Elle passe la tête dans la chambre à coucher toutes les dix minutes pour vérifier que tout va bien.

— Nous ne pourrons jamais partir ! constate Léa, énervée, après la huitième visite de la vieille dame.

— J'ai une idée ! chuchote Mathis.

Il se lève en prenant bien garde de ne pas faire grincer les ressorts de son matelas. Il fouille quelques instants dans sa valise et en ressort une pile de vêtements. Sous les yeux intrigués de ses deux comparses, il les cache sous les couvertures qu'il remonte bien haut.

— Et voilà ! s'exclame-t-il fièrement quand il a terminé.

Jing et Léa sont impressionnés. On dirait que Mathis est couché dans son lit ! Ils l'imitent aussitôt. Sans bruit, le trio quitte les lieux.

**

À leur arrivée, le musée est plongé dans la pénombre. Jing compose le code du système d'alarme et fait entrer les jumeaux derrière lui. Ils allument leur lampe de poche avant d'emprunter le grand escalier de marbre menant aux sous-sols. Ils s'arrêtent enfin devant la pièce de restauration des œuvres et collent leur oreille contre la porte. Pas un bruit. La voie est libre. Le gardien n'étant pas encore arrivé, ils s'assoient pour l'attendre.

— Quelle heure est-il ? demande Léa, impatiente.

Jing regarde sa montre. Minuit moins deux.

— Quoi ? s'exclament les jumeaux à l'unisson.

— Je ne crois pas qu'il va venir, dit Jing.

— Qu'est-ce qu'on fait ? demande Mathis. On s'en va ?

Léa ne partage pas du tout son avis.

— Nous devons rester !

— Nous devrions plutôt appeler la police et partir d'ici, c'est trop dangereux !

— Mais nous ne savons même pas si le voleur va réellement venir cette nuit. Je propose que nous nous cachions et que nous l'attendions. S'il arrive, nous resterons dissimulés. Comme ça, nous pourrons le décrire à la police ! insiste Léa, d'un air buté.

Bien que ne partageant pas son avis, Mathis et Jing savent que lorsque Léa a une idée en tête, il est impossible de la lui enlever. Ils acceptent donc à contrecœur et se mettent à la recherche d'un lieu sûr susceptible de les abriter tous les trois. C'est finalement Jing qui trouve l'endroit idéal : un sarcophage égyptien. Le cercueil rouge et or est appuyé contre un mur. Ils se dissimulent à l'intérieur en prenant bien garde de laisser le couvercle entrouvert de quelques centimètres. De leur cachette, ils ont une vue presque parfaite du dragon. Si le voleur vient cette nuit, ils le verront sûrement ! Ils attendent en silence, les yeux rivés sur la statue. Mais où le gardien du dragon peut-il bien être passé ? se demande Léa. Peut-être lui est-il arrivé quelque chose, songe Mathis. Jing aussi s'inquiète. Il est persuadé que le gardien du dragon ne les aurait pas abandonnés sans une excellente raison...

Ils patientent longtemps. Bientôt, un drôle de son perce le silence. Jing et Léa retiennent leur souffle… Reconnaissant la source du bruit, ils éclatent d'un rire silencieux. Mathis s'est assoupi. Il dort à poings fermés.

Jing et Léa commencent franchement à s'ennuyer. Et puis, ils ont des fourmis dans les jambes, à force de ne pas bouger. Jing s'apprête à lui proposer de partir lorsque…

Des bruits de pas ! Oui, ce sont bien des bruits de pas qui résonnent dans le couloir. D'un coup de coude, Léa réveille Mathis. Jing pose une main sur la bouche de son ami afin d'éviter qu'il ne parle à voix haute en s'éveillant. Quelques instants plus tard, ils entendent la porte de la pièce s'ouvrir sans qu'ils puissent voir de leur cachette qui vient d'entrer. Est-ce le gardien qui arrive enfin ? Ou le voleur…

Pour plus de sûreté, ils attendent en silence en retenant leur respiration. Les pas avancent dans leur direction. Bientôt, une silhouette passe devant le sarcophage et s'arrête. Jing ne peut s'empêcher de laisser échapper une exclamation de surprise : c'est la détective Sukari !

La détective, en entendant du bruit, se retourne d'un mouvement vif vers leur cachette. Elle tient une arme à feu pointée dans leur direction.

— Qui est là ? Sortez ! Je suis armée !

— Ne tirez pas ! s'écrie Jing en repoussant le couvercle du sarcophage. C'est nous, détective. Ne tirez pas !

La femme n'a pas l'air ravie de les revoir. Elle porte encore la combinaison noire qu'elle avait lors de leur première rencontre. Mais cette fois, elle transporte un grand sac de la même couleur sur son épaule.

— Qu'est-ce que vous faites encore ici ? les apostrophe-t-elle d'un ton sec.

Les enfants se regardent, embarrassés. Ils se sont visiblement trompés. Le voleur ne viendra pas cette nuit.

— Nous... nous pensions que quelqu'un allait essayer de voler le dragon, maintenant que le rubis a disparu, avoue Jing d'une voix contrite.

La détective les observe d'un œil sévère. Elle semble réfléchir intensément.

Elle tient toujours son arme pointée sur les enfants.

— Heu... Vous n'avez pas besoin de votre arme, vous savez, lui rappelle Mathis d'une voix timide.

La détective paraît ne pas l'entendre. Léa, Jing et Mathis sont de plus en plus inquiets. Pourquoi ne baisse-t-elle pas son arme ? Pourquoi ne dit-elle rien ? Le silence s'éternise. Que va-t-elle faire ? Appeler leurs pères, sans doute. Ils seront sévèrement punis.

Un air décidé apparaît alors sur le visage de la détective.

— Poussez-vous de ce côté. Vous ne me laissez pas le choix, dit-elle en secouant la tête. J'avais pourtant prévu de ne vous faire aucun mal...

— Quoi ? demande Léa, ébahie. Que voulez-vous dire ?

— Ouvrez cette porte, ordonne la femme, impatiente.

Légèrement effrayée, Léa acquiesce à sa demande. La détective entraîne le trio à l'intérieur d'une minuscule pièce, éclairée uniquement par une ampoule nue qui pend du plafond. Les étagères sont encombrées de contenants de peinture, de pots de colle et de différents outils.

Ils aperçoivent alors Tzin Tao, allongé dans le fond de la pièce.

— Monsieur Tzin Tao ! appelle Mathis d'une voix tremblante.

— Tournez-vous ! lance sèchement madame Sukari avant de s'avancer vers eux.

Elle fouille dans son grand sac duquel elle ressort plusieurs morceaux de corde, avec lesquels elle s'empresse d'attacher solidement leurs mains derrière leur dos.

— Mais... pourquoi faites-vous cela ? demande Jing, qui n'y comprend plus rien.

La femme éclate d'un rire mauvais. Elle s'approche du jeune hongkongais et lui met un bâillon sur la bouche.

— Vous n'avez pas encore compris ? Pour des enfants qui veulent jouer au détective, je vous croyais beaucoup plus futés, ricane-t-elle en repoussant d'une main ses cheveux, dévoilant un tatouage en forme de dragon chinois sur son cou.

— Vous êtes la voleuse de pierres précieuses, s'écrie soudain Léa. J'ai vu votre photo dans le journal ! C'était vous, n'est-ce pas ?

À ce moment, Mathis aperçoit à son tour le tatouage de la femme. Il ouvre de grands yeux étonnés. Sa sœur a raison. Elle est la cambrioleuse, celle dont l'article parlait dans l'avion !

Un sourire malveillant se dessine sur les lèvres de la femme. De son sac elle retire un autre bâillon.

— Vous avez résolu une partie de l'énigme, félicitations, raille-t-elle en suspendant son geste.

— Cela a un rapport avec le dragon chinois, n'est-ce pas ? insiste Léa.

La femme sourit. Elle s'amuse à voir les enfants essayer de percer le mystère.

— Les pierres précieuses qui se trouvent dans les autres musées ne font pas l'affaire. C'est pour cette raison que vous n'aviez rien volé jusqu'à maintenant. Ce dont vous avez réellement besoin, c'est d'un rubis, ajoute Léa. Mais pas n'importe lequel : vous devez entrer en possession du plus gros rubis au monde.

La femme l'encourage, un sourire narquois au coin des lèvres :

— Continuez...

— Je crois... je crois que vous voulez réveiller le dragon de l'Empereur !

La voleuse est impressionnée. Finalement, ces enfants ne sont pas aussi bêtes qu'elle le croyait.

— Mais... Mais madame Chong, demande soudain Mathis. Pourquoi l'avoir enlevée ? Car c'est bien vous la coupable, non ?

La femme renverse la tête en arrière, éclatant d'un rire de sorcière. Décidément, elle s'amuse beaucoup !

— Ah, les enfants ! dit-elle en secouant lentement la tête comme s'ils venaient de lui raconter une blague amusante. N'avez-vous pas compris ? Je suis madame Chong !

Les jumeaux sont stupéfaits.

Devant leur air interdit, la voleuse entreprend de leur expliquer :

— Quand j'ai appris que le plus gros rubis du monde se trouvait ici, au musée, j'ai dû trouver une façon d'y entrer. Quoi de mieux que de devenir une employée ? De cette façon, je pouvais sans difficulté élaborer un plan pour m'emparer de la pierre. Mais c'était sans compter sur ce stupide gardien ! Je l'avais toujours dans les pattes ! Je devais agir rapidement. On aurait tôt ou tard découvert ma véritable identité. Alors, j'ai décidé d'improviser et d'organiser mon propre enlèvement.

La voleuse a donc saccagé son bureau, puis sa maison. Elle s'est ensuite cachée dans un hôtel, ne sortant que la nuit et se présentant sous un faux nom. Puis elle est retournée, en pleine nuit, au musée. Elle a assommé le gardien afin de voler le rubis. Avant de partir, elle s'est rendue à son bureau, car elle y avait laissé un indice important : une photocopie de la page d'un livre parlant de la légende des dragons chinois de l'Empereur. C'est grâce à ce livre qu'elle a découvert qu'il lui fallait un rubis pour faire voler le dragon. Mais quand elle a trouvé les enfants dans son bureau, elle a bien cru que tout était fini. Ce n'est qu'à la dernière seconde qu'elle a eu la présence d'esprit de se faire passer pour une détective. Et les enfants l'ont crue !

— Mais... les policiers, Than Cho et mon père ont rendez-vous avec les kidnappeurs ce soir. Ils doivent remettre une rançon, dit Mathis.

Derrière son bâillon, le pauvre Jing lance des mots incompréhensibles.

— Les courriels, quelle belle invention, vous ne trouvez pas ? Beaucoup plus rapide que le courrier postal. À l'heure où nous nous parlons, ces idiots passent au peigne fin le Jardin botanique à la recherche de kidnappeurs qui n'existent pas !

— Et vous avez la voie libre pour voler le dragon, conclut Léa.

— En effet ! Maintenant que le protecteur du dragon est hors d'état de nuire, j'ai la voie libre...

— Nous vous dénoncerons ! défie Mathis.

La cambrioleuse éclate de rire.

— Pauvres enfants, ils ne me retrouveront jamais !

— Que voulez-vous faire avec le dragon ? Le revendre ? demande Léa.

La voleuse siffle de dégoût.

— Je ne suis pas une petite receleuse sans envergure ! J'ai d'autres projets. J'ai bien l'intention de le faire voler.

— Les dragons n'existent pas. Vous êtes folle, réplique Léa.

La voleuse rit de nouveau.

— Si tu le dis, mon enfant. En attendant, je vous quitte. Nous nous reverrons dans une autre vie !

Sur ces mots, elle attrape Jing par le bras puis sort de la pièce en claquant la porte derrière elle. Elle a oublié de bâillonner Mathis et Léa.

— Où l'emmenez-vous ? Jing ! Jing ! crie Mathis pendant que Léa se précipite sur la forme inerte couchée dans le fond de la pièce.

— Monsieur Tzin Tao ! Monsieur Tzin Tao, m'entendez-vous ?

Les yeux fermés, le protecteur du dragon ne répond pas. Il gît, pieds et poings liés, inconscient. Il ne paraît pas gravement blessé. Mais le plus étrange et le plus inquiétant, c'est qu'il est en train de disparaître. Mais oui, Léa peut voir à travers son corps. Loin de son dragon, le gardien se meurt !

— Monsieur Tzin Tao ! Monsieur Tzin Tao ! S'il vous plaît, réveillez-vous ! s'écrie Léa. Mathis, dit-elle, tournée vers son frère qui s'est approché d'eux. Il faut faire quelque chose !

Ils doivent d'abord se débarrasser de leurs liens. Heureusement, ils ne sont pas trop serrés. Mathis parvient à glisser les mains dans la poche de son pantalon. Un instant plus tard, il en sort son canif avec un petit cri triomphant. En quelques secondes, ils sont libérés. Mathis et Léa se ruent sur la porte.

— Léa, regarde. Ce n'est même pas verrouillé ! s'exclame Mathis, incapable de croire à leur chance.

— Mathis, on ne peut pas laisser le gardien ici !

Une plainte s'élève alors du fond de la pièce. Tzin Tao se réveille lentement. Les jumeaux reviennent près de lui, au moment même où il ouvre les yeux :

— J'ai échoué, murmure-t-il d'une voix faible. Avec moi, meurt le dernier gardien...

— Non. Il n'est pas trop tard ! s'écrie Léa. Elle a emmené Jing avec elle. Il faut le sauver !

— Elle a volé le dragon ? demande le gardien en essayant de se redresser.

— Oui, l'informe Mathis.

— Alors, il n'y a plus rien à faire... C'est trop tard.

— Il n'est pas trop tard. Pensez à Jing ! Que va-t-elle faire ?

Le gardien réfléchit un instant. Il est si transparent que les jumeaux craignent qu'il ne disparaisse complètement, d'un instant à l'autre.

— Elle va tenter de faire voler le dragon...

— Mais c'est impossible ! Les dragons n'existent pas, s'énerve Léa, découragée.

— Si vous voulez sauver votre ami, vous devez y croire !

Léa et Mathis échangent un regard incertain. Bien sûr qu'ils veulent aider Jing, mais comment peuvent-ils croire à cette histoire de dragon qui prend vie ? Tant pis ! S'il le faut...

— Si vous vouliez lui redonner vie, où iriez-vous ? demande finalement Léa.

— Je rechercherais un lieu discret, loin de la foule, idéalement sur une montagne où un point élevé d'où le dragon pourrait facilement s'envoler, répond le gardien.

Léa, en bonne détective, écrit tout ce que dit Tzin Tao dans son petit carnet de notes. Avec de la chance, ces mots jetés pêle-mêle sur la feuille blanche lui donneront une idée. Mais c'est Mathis qui trouve le premier :

— Bouddha ! s'écrie-t-il. À cette heure-ci, le site est désert ; et c'est au sommet d'une montagne !

Les yeux du gardien s'illuminent :

— C'est peut-être l'endroit, en effet. Aidez-moi, nous devons nous y rendre immédiatement. Nous avons encore une chance de l'arrêter et de sauver votre ami.

\*\*\*

La voleuse entraîne Jing dans les couloirs du musée. Dans la rue, elle le fait monter dans une voiture après lui avoir posé un bandeau sur les yeux. Couché au fond du véhicule, secoué de tous côtés, il ignore totalement l'endroit où il se trouve lorsque la voiture s'arrête. Même s'il est effrayé, il sait qu'il ne doit pas céder à la panique. Maintenant, la voleuse le force à gravir une volée de marches interminable. Les yeux bandés, le pauvre garçon trébuche et tombe à plusieurs reprises. La voleuse s'impatiente et lui arrache enfin le bandeau qui lui recouvre les yeux. Une fois parvenue au sommet, la femme le pousse rudement. Jing tombe sur le sol en s'écorchant les genoux. Il reconnaît alors l'endroit : ils sont au pied de la statue de Bouddha. La ravisseuse laisse échapper un petit rire. Sans plus se soucier de lui, elle redescend les marches. Jing croit qu'elle l'a abandonné là, seul en pleine nuit au sommet de la montagne, mais elle revient, traînant derrière elle son énorme sac noir qui paraît si lourd.

Intrigué, Jing regarde la femme s'affairer autour de lui. Elle sort de son sac le dragon jaune de l'Empereur. Elle se penche et fouille à nouveau dans son sac pour en extraire enfin le rubis. D'une main tremblante, elle insère la pierre précieuse dans la gueule du dragon. Pendant une seconde, le garçon aperçoit un éclair briller dans les yeux de verre de la statue. Mais, au même moment, un épais nuage voile la lune, qui empêche Jing de voir. Soudain, une lueur jaune, toute petite comme la flamme d'une chandelle, apparaît dans la nuit. Pendant quelques secondes, il ne se passe rien. Puis, sans crier gare, la lumière devient plus vive et l'aveugle. Il recule d'un pas. Quand il ouvre à nouveau les yeux, Jing réalise avec stupeur que la lumière provient de la statue. Abasourdi, il observe le dragon chinois grossir comme un ballon gonflé à l'hélium. En quelques secondes, la bête fabuleuse atteint la taille d'un jeune éléphant, puis d'une maison. Ses quatre pattes griffues raclent le sol poussiéreux dans un grincement assourdissant. Aussi grosse que le mât d'un navire, sa queue traînante et interminable fouette l'air d'un côté puis de l'autre. Ses écailles, qui brillent de mille feux, illuminent le sommet de la montagne, comme en plein jour. On dirait que tout son corps est parcouru de petites flammes. Le vent joue dans ses longues moustaches et ses grands yeux ronds prennent la couleur du rubis.

La voleuse se tient tout près, son regard rivé sur la fabuleuse créature, une expression béate sur le visage. Elle renverse la tête en arrière et éclate d'un rire dément. Elle s'approche du dragon qui la fixe de ses étranges yeux rouges.

— C'est moi ta maîtresse maintenant, lui dit-elle. Tu dois m'obéir !

La bête ne bronche pas. La femme s'apprête à monter sur son dos lorsqu'un cri l'arrête :

— Arrêtez ! Ne bougez plus !

Le gardien du dragon, aussi pâle qu'un fantôme, se poste devant le dragon, les jumeaux sur les talons.

— Vous êtes revenus à vous ! constate la criminelle d'un ton irrité.

— Ce dragon ne vous appartient pas, déclare Tzin Tao d'une voix faible. Reculez immédiatement !

La voleuse éclate d'un rire sans joie. D'un air hautain, elle lui réplique :

— Tu as échoué, gardien. Ce dragon n'est plus sous ta garde ! Vois par toi-même.

Puis, s'adressant au dragon :

— Allez, envole-toi !

Mais le dragon reste immobile. Tzin Tao fixe la bête dans les yeux. On dirait qu'ils communiquent par la pensée. Dans un excès de rage, la voleuse hurle de colère, et ramasse une pierre qu'elle jette à la figure du gardien. Celui-ci a tout juste le temps de se pencher pour l'éviter. L'enchantement entre le gardien et son dragon se brise aussitôt. La voleuse en profite pour sauter sur le dos de la bête qui, cette fois, s'envole immédiatement en soulevant un nuage de poussière. En passant au-dessus de Jing, elle étend ses longues pattes griffues et l'attrape dans ses serres avant de prendre de l'altitude.

— N'essayez pas de nous rattraper, sinon, je le laisse tomber, menace la femme.

— Monsieur Tzin Tao, faites quelque chose ! s'écrient Mathis et Léa alors que le gardien se redresse lentement.

Mais les forces de Tzin Tao diminuent. Sa peau presque translucide disparaît lentement. Sans réfléchir, Mathis se penche et ramasse un gros caillou, traînant à ses pieds. Il court jusqu'au bord de la montagne et le lance de toutes ses forces vers le dragon qui s'éloigne rapidement. Volant dans les airs, la roche atteint le rubis niché dans la gueule de l'animal. Sous la force de l'impact, la pierre précieuse se déloge et tombe dans le vide.

Le dragon fait immédiatement demi-tour. Sans le rubis, il n'obéit plus à la voleuse qui hurle de dépit. L'animal ouvre ses serres. Les jumeaux poussent un grand cri lorsqu'ils voient Jing tomber en chute libre vers le sol. Ils ferment les yeux...

\*\*\*

Deux bras vigoureux enlacent les jumeaux qui rouvrent les yeux. Leur père les serre tellement fort qu'ils arrivent à peine à respirer.

— Papa ? Qu'est-ce que tu fais ici, demandent-ils à l'unisson, à demi étouffés par la poigne de leur père.

Jean, ému de retrouver ses enfants sains et saufs, n'arrive plus à parler. Il ne songe même pas à les gronder !

— Jing ! Où est Jing, s'exclame Mathis en se dégageant.

— Je vais bien, répond une voix amusée dans leur dos.

Mathis et Léa se retournent... et éclatent de rire. Derrière eux, Jing les regarde en souriant. Leur ami a atterri dans les bras de Tzin Tao, qui a maintenant repris son apparence de statue. Than Cho et un groupe de policiers les encerclent en se grattant la tête d'un air interrogateur.

— Jing, comment es-tu arrivé là ? demande son père en l'aidant à descendre.

— C'est une longue histoire, répond Jing en riant de plus belle.

Près d'eux, le dragon chinois a retrouvé sa taille normale. Il a perdu de son éclat et est redevenu une simple statue que l'on s'apprête à rapporter au musée.

Plus loin, deux policiers passent les menottes à la voleuse.

Les jumeaux se tournent vers leur père :

— La voleuse !

— C'était la détective.

— En fait, pas vraiment. Il s'agissait de madame Chong !

— Mais elle ne s'appelait pas vraiment madame Chong...

Les jumeaux sont si énervés qu'ils parlent en même temps.

— Tout va bien, répond Jean d'une voix apaisante. Nous savons pour madame Chong, enfin, la voleuse...

# CHAPITRE TREIZE

# Un bon coup de main

Les jumeaux, leur père, Jing et Than Cho sont attablés à la cuisine devant une tasse de délicieux chocolat chaud. Il est très tard, mais aucun des adultes ne semble s'inquiéter qu'ils ne soient pas encore au lit. Debout près d'eux, le chef de police écoute leur déposition en hochant parfois la tête. Il prend des notes à toute vitesse dans son calepin noir.

Jean et Than Cho expliquent aux enfants que les policiers se sont rendus au lieu du rendez-vous pour remettre la rançon. Voyant que le kidnappeur ne se présentait pas à l'heure convenue, ils ont immédiatement compris qu'il s'agissait d'une diversion. Ils se sont alors précipités au musée, mais sont arrivés trop tard.

— La voleuse avait déjà volé le dragon, continue Jean. Puis, les policiers ont trouvé tes notes, Léa.

— Mon carnet de notes ! Je l'ai oublié au musée. Je vous avais bien dit qu'elles nous seraient utiles, s'exclame Léa en prenant son frère et Jing à témoin.

— Avec elles, nous avons compris que vous étiez, vous aussi, sur les traces de la voleuse, poursuit Jean. Je dois admettre que j'étais loin d'en être ravi...

— Mais c'est grâce à mon carnet de notes que vous avez su où vous rendre, non ? Alors, vous voyez que nous pouvions vous aider, répond Léa, très fière d'elle.

— C'est vrai, avoue son père à contrecœur.

Le chef de la police a alors appelé des renforts. Puis, sirènes hurlantes, ils se sont dirigés vers la montagne où est perché Bouddha. À leur arrivée, ils furent surpris de découvrir la voleuse suspendue par son fond de culotte à une branche d'arbre, plusieurs mètres au-dessus du sol.

— Nous n'arrivons pas à nous expliquer certains détails, dit le chef de la police en s'éclaircissant la voix.

— Lesquels, demandent-ils en chœur, même s'ils s'en doutent un peu.

— Bon, d'abord, reprend le policier, pourquoi la criminelle était-elle accrochée au sommet d'un arbre ?

— Que faisait Jing dans les bras de la statue du gardien, ajoute Than Cho.

— Et comment la statue du gardien s'est-elle retrouvée au sommet de la montagne, surenchérit Jean.

Les enfants se regardent, réprimant un sourire. Ils haussent les épaules :

— Aucune idée, répliquent-ils à l'unisson.

Les adultes réfléchissent en silence pendant quelques minutes.

— Je me demande, dit enfin Jean, ce qu'elle avait l'intention de faire avec ce dragon. Croyait-elle vraiment à cette histoire de statue qu'on peut ressusciter avec un rubis ?

— Ce n'est qu'une légende, répond l'inspecteur en secouant la tête.

Léa, Mathis et Jing échangent un clin d'œil complice.

— Non, reprend le policier. Elle voulait sans doute revendre la pierre et le dragon à bon prix. Elle aurait pu en tirer plusieurs millions de dollars en les vendant à un collectionneur. Enfin, je tiens à vous remercier, les enfants. Sans vous, la voleuse se serait assurément échappée. C'est en grande partie grâce à vous si nous avons pu arrêter la criminelle la plus célèbre de Hong Kong et retrouver le rubis !

\*\*\*

« Tous les passagers du vol 843 doivent se présenter au comptoir d'embarquement », annonce une voix féminine dans les haut-parleurs.

Jean serre Than Cho dans ses bras. Léa et Mathis disent adieu à Jing, leur nouvel ami, qu'ils doivent déjà quitter. Les vacances sont terminées ; il faut regagner le Québec.

— La prochaine fois, dit Jean à Than Cho, c'est vous qui viendrez nous visiter !

Bien sûr. Nous viendrons l'été prochain pour les vacances.

Les jumeaux et Jing sont si heureux d'apprendre cette nouvelle qu'ils en sautent de joie. Ils se reverront bientôt ! En attendant, ils promettent de s'écrire souvent.

Dans l'avion, une hôtesse distribue des journaux. Les jumeaux en prennent une copie. Sur la première page, un titre apparaît en grosses lettres noires :

« Une mystérieuse voleuse arrêtée grâce à des enfants ! »

Intrigués, Matis et Léa se penchent pour lire la suite du texte. Il y est question de deux jumeaux québécois et de leur ami de Hong Kong, qui ont aidé à résoudre une grande enquête au péril de leur vie...

Fin

# TABLE DES MATIÈRES

## Stéphanie Decelles

Stéphanie Decelles est née à Montréal en 1981. Journaliste, elle est diplômée de l'Université du Québec à Montréal. C'est le soir après le travail (parce qu'il ne faut pas toujours être sérieux !) qu'elle laisse son imagination vagabonder.

Maman d'une petite fille, elle a la tête pleine d'histoires qu'elle s'amuse à lui raconter le soir. Grande voyageuse, elle partage son temps entre Montréal et l'Australie, son pays d'adoption. Il n'est donc pas étonnant de retrouver dans ses récits les saveurs de pays lointains qu'elle a visités. *Le Réveil du dragon chinois* est son premier roman.

## Jessie Chrétien

Bonjour à vous, chers lecteurs et lectrices ! Je m'appelle Jessie Chrétien et je suis l'illustratrice de ce superbe roman. Pour vous faire une brève présentation, je suis née en 1985 dans le petit village de Gentilly et j'y ai grandi entourée d'arbres et de verdure. Dès mon jeune âge, j'ai été animée d'une passion incontestable pour les arts. Créant de mes mains, principalement à l'acrylique et à l'encre, je joue avec les couleurs et les ambiances, réalisant des illustrations autant pour les petits que les grands.

Ce roman que vous tenez entre vos mains fut un réel plaisir à illustrer. Il s'agit d'une histoire à l'intrigue bien ficelée et aux personnages très attachants. Alors, si ce n'est pas déjà fait, je vous invite à commencer votre lecture au plus vite !

Achevé d'imprimer
en octobre deux mille onze, sur les presses
de l'imprimerie Gauvin, Gatineau, Québec